Diario de un
HOMBRE SUPERFLUO

Iván Turguénev

Diario de un
HOMBRE SUPERFLUO

Traducción del ruso de
Marta Sánchez-Nieves

Prólogo de
Juan Eduardo Zúñiga

Nørdicalibros

Título original:
Dnevnik pishneg chepoveka

© De la traducción:
Marta Sánchez-Nieves
© Del prólogo:
Juan Eduardo Zúñiga
© De esta edición:
Nórdica Libros S. L.
C/ Doctor Blanco Soler, 26 · 28044 Madrid
Tlf: (+34) 917 055 057
info@nordicalibros.com
Primera edición: junio de 2024
ISBN: 978-84-10200-47-0
DEPÓSITO LEGAL: M-11971-2024
IBIC: FA
THEMA: FBA
Impreso en España / *Printed in Spain*
Gracel Asociados (Madrid)

Diseño:
Nacho Caballero
Maquetación:
Diego Moreno
Corrección ortotipográfica:
Victoria Parra y Ana Patrón

Imagen de cubierta:
Journal des Dames et des Modes, 1828

ENCUENTRO CON IVÁN TURGUÉNEV

Cuando aún estaban en mis manos los libros infantiles, me llegó casualmente —como ocurre siempre en los acontecimientos decisivos— una novela de Iván Turguénev cuya lectura me extrañó y me sedujo. Desde aquel día su nombre estuvo en mi conciencia, acaso colaborando a formar, con otros factores, un carácter y una sensibilidad ante los hechos de la realidad. Fue el primer paso en el conocimiento de su país, una Rusia antigua y remota de la que nadie en mi entorno sabía nada. Conocimiento que logré a través, principalmente, de obras literarias, de magníficas inteligencias creadoras que suscitaron en mí una adhesión afectiva a su cultura, su música, su gente de pasiones extremosas, su paisaje de distancias infinitas, de bosques vírgenes y aldeas silenciosas, su lengua inabarcable de musicales sonidos.

El presente ensayo sobre Iván Serguéievich Turguénev[1] tiene su razón de ser en mi interés por la biografía del escritor que me abrió, en edad muy temprana, el camino del mundo literario. Ha sido entre los escritores rusos, junto a Tolstói y Dostoievski, el mejor acogido en Occidente por la calidad literaria de su obra, que conserva hoy vigentes peculiaridades de la gran novela del siglo pasado, aun con los matices de la idealización romántica. Admirado y respetado, también su presencia física sorprendía:

«La puerta se abrió y apareció un gigante. Un gigante de cabeza plateada, como se diría en un cuento de hadas. Tenía largos cabellos blancos, gruesas cejas blancas, una gran barba blanca, de un blanco plata, brillante, iluminado de reflejos; y en esta blancura, un rostro tranquilo, con rasgos algo fuertes: una verdadera cabeza de río *derramando sus ondas* o, mejor aún, una cabeza de padre eterno. Su cuerpo era alto, ancho, macizo, sin ser grueso, y este coloso tenía gestos de niño, tímidos y reprimidos.

---

[1] El texto de presentación «Encuentro con Iván Turguénev» es el primer capítulo del libro de Juan Eduardo Zúñiga *Las inciertas pasiones de Iván Turguéniev*, Alfaguara: Madrid, 1996. *(N. del E.)*.

Hablaba con una voz muy dulce, un poco blanda, como si la lengua se moviese difícilmente. Algunas veces dudaba buscando el vocablo preciso en francés para expresar su pensamiento, pero siempre lo encontraba con una sorprendente justeza, y esa ligera vacilación daba a su palabra un encanto particular».

Así era Turguénev, tal como lo describió Guy de Maupassant, y así lo conocieron, hace poco más de un siglo, muchos europeos. De Europa fue huésped casi media vida y su arte tiene mucho de elaboración de la cultura occidental, con la que se identificó. Su extensa obra se corresponde con una vida especialmente compleja que, cuando se descubre, atrae como una experiencia insólita.

La aproximación a Iván Turguénev revela a un escritor magistral por su destreza para analizar los entresijos del alma humana, por sus invenciones verosímiles, por lo problemático de su psicología y por los aspectos reservados de su obra; de ella brota un sutil aliento de dolor íntimo, de frustración y melancolía, que puede modificar el concepto habitual existente acerca de este creador. Turguénev, que muchas veces ha sido considerado el autor más equilibrado de la literatura rusa, modelo de serenidad formalista, de moderación, aparece, a la luz de ciertas indagaciones biográficas, bajo el peso atormentador de unas Erinias implacables. La imagen convencional de este escritor es la de un literato famoso que viajó sin descanso, siempre en busca de un hogar que únicamente encontraba en el de un matrimonio amigo, a cuya esposa —Paulina García de Viardot— amó en secreto durante cuarenta años; un noble ruso sometido a esta célebre cantante de origen español, alejado de su patria, de la que sin cesar escribe, liberal partidario de reformas y, a la vez, cronista de las viejas estructuras de su clase, ya en decadencia... Sin embargo, un estudio que confronte y establezca conexiones entre vida afectiva y obra literaria puede revelar aspectos de una personalidad conflictiva, insospechada, que escapó a la fácil identificación porque el autor la enmascaró bajo apariencias circunstanciales.

A penetrar este aspecto caracterológico de la personalidad del escritor ruso tiende el presente ensayo, a establecer una interconexión entre datos biográficos no sistematizados suficientemente. Con este fin se utilizan aquí cartas y fragmentos de la abundante correspondencia de Turguénev en relación con momentos de su vida, así como citas de sus novelas y narraciones fundamentales. Estas conservan un prestigio universal pese a los cambios que ha sufrido en los últimos cien años la expresión literaria. Especialmente ahora, cuando la literatura tiende a no relatar una historia lineal, podría parecer que la técnica y los argumentos de Turguénev están muy distantes del gusto actual. Sin embargo, la edición de sus obras es frecuente y sus títulos más conocidos —*Humo, Lluvias de primavera, Padres e hijos*— no dejan de figurar en muchos catálogos. Incluso en España, donde apenas tuvieron resonancia las literaturas eslavas, se hacen con regularidad ediciones de sus obras y, lo que es más insólito, adaptaciones de estas en televisión, sistema que parecería el más opuesto a su forma de narrar. Esta aceptación se dio, no obstante la mediocre calidad de las traducciones disponibles, ya en la primera mitad de siglo, como recuerda Antonio Machado al opinar sobre literatura rusa: «Traducida, y mal traducida, ha llegado a nosotros. Sin embargo, decidme los que hayáis leído una obra de Turguénev —*Nido de nobles*—, o de Tolstói —*Resurrección*— o de Dostoievski —*Crimen y castigo*—, si habéis podido olvidar la emoción que esas lecturas produjeron en vuestras almas».

Aún con mayores dimensiones existe este interés por Turguénev en países como Inglaterra, Alemania o Francia, donde hay prestigiosos turguenevistas y es constante la aparición de trabajos que estudian particularidades relacionadas con él o con su obra, sin necesidad de mencionar, por obvio, su país natal, donde Turguénev ha tenido innumerables especialistas, ediciones y millones de ejemplares vendidos. La investigación sobre Turguénev es extensa y minuciosa: ha llegado a reconstruirse con una precisión rigurosa la historia de sus amistades, sus viajes, opiniones y afectos; el proceso de realización de sus obras, la genealogía de las familias materna y paterna; se ha identificado a las personas que le sirvieron para dar cuerpo a sus personajes e incluso conocemos los libros que leía de niño. Su enorme correspondencia, junto con los recuerdos de sus contemporáneos, ha posibilitado establecer los menores detalles de su vida.

A lo largo de esta y de sus cuarenta años de actividad literaria, se advierte el perseverante trabajo que llevó a cabo para recrear su pasado o bien para evidenciarlo tal como fue. Por esta razón, Turguénev es un adelantado en la configuración de la obra literaria con sedimentos muy profundos de la propia existencia, e incluso la parte menos importante de sus escritos está entretejida de matizaciones de este origen que al ser espejo de sí mismo lo eran también de los hombres de su tiempo. Acaso nunca supo que estaba haciendo un verdadero historial clínico de su época y de sus personajes; detalló en las páginas de sus novelas y relatos no solo caracteres cotidianos, aunque pictóricos de interés, sino procesos psíquicos y secuencias obsesivas que ejemplifican un tipo mental generalizado en todas las épocas.

Pero su obra no se limita a esta prospección en el dominio intimista, sino que igualmente vigiló el trasfondo de costumbres, dentro del propósito cívico común a los escritores rusos —desde Pushkin hasta Chéjov— de poner luz en las tinieblas de su tiempo. Turguénev fue testigo de la lenta ruina de la nobleza rusa, aunque distanciado de ella por poderosas razones. Distanciamiento que le permitió captar los rasgos básicos de los rusos del siglo pasado y, al introducirlos en su literatura, escribir una larga historia que ayuda a conocer los orígenes de la Rusia actual.

Juan Eduardo Zúñiga

Aldea de Ovechi Vody, 20 de marzo de 18…

El médico acaba de irse. ¡Al fin lo he conseguido! Por más astucias que haya intentado, al final no le ha quedado más que expresar su opinión. Sí, moriré pronto, muy pronto. Los ríos se deshelarán y, a toda luz, la corriente me llevará junto con las últimas nieves… ¿a dónde? ¡Dios sabrá! También al mar. En fin, ¡qué se le va a hacer! Ya que hay que morir, que sea en primavera. Aunque puede que sea ridículo empezar un diario dos semanas antes de morir, ¿no? ¡Vaya por lo que me preocupo! Y ¿en qué son menos catorce días que catorce años, que catorce siglos? Dicen que ante la eternidad todo son naderías, sí, pero en este caso la misma eternidad es una nadería. Me parece que me estoy dejando llevar por especulaciones, es una mala señal: ¿no me estaré acobardando? Mejor será que cuente algo. Afuera hay humedad, sopla el viento, tengo prohibido salir. ¿Qué puedo contar? Un hombre decente no habla de sus enfermedades; componer una novela corta, no, no es para mí; para deliberar sobre asuntos elevados no me alcanzan las fuerzas; describir la cotidianidad que me rodea ni siquiera me entretiene; pero me aburre no hacer nada, y me da pereza leer. ¡Oh! Voy a contarme mi propia vida. ¡Una idea magnífica! Justo antes de morir se considera correcto y no va a molestar a nadie. Empiezo.

Nací hace unos treinta años de unos terratenientes bastante ricos. Mi padre era un jugador apasionado, mi madre, una mujer de carácter…, una mujer muy virtuosa. Solo que no he conocido a una mujer a la que ser virtuosa le causara menos placer. Había caído bajo el peso de sus méritos y atormentaba a todos, empezando por ella misma. En el transcurso de sus cincuenta años de vida no descansó ni una sola vez, no se cruzó de brazos; pululaba continuamente atareada, cual hormiga, y sin ningún beneficio, algo que no puede decirse de una hormiga. Un gusanillo inquieto la consumía día y noche. Solo en una ocasión la vi completamente tranquila, y fue precisamente el primer día después de su muerte, en el ataúd. Cierto que, al mirarla, me pareció que su cara expresaba cierto asombro; como si en sus labios semiabiertos, en sus mejillas hundidas y en sus ojos dócilmente inmóviles flotaran las palabras: «¡Qué bien se está sin moverse!». Sí, de acuerdo, ¡está bien desprenderse al fin de la conciencia abrumadora de la vida, del sentimiento obsesivo e inquieto de la existencia! Pero no se trata de eso. Tuve una infancia mala y triste. Mi padre y mi madre me querían, pero eso no me lo hizo más fácil. Mi padre, como persona entregada a un vicio vergonzoso y ruinoso, no tenía ningún poder ni ningún valor en su propia casa; era consciente de su caída y, sin fuerzas para dejar su pasión querida, intentaba al menos merecerse —con aspecto siempre cariñoso y modesto, con humildad complaciente— la indulgencia de su ejemplar mujer. Mi madre, en efecto, sobrellevaba su desgracia con esa longanimidad de la virtud tan magnífica y espléndida que tenía mucho de orgullo y amor propio. Nunca reprochó nada a mi padre: en silencio le entregaba el dinero que le quedaba y pagaba sus deudas; él la ensalzaba cuando estaba con ella y en su ausencia, pero no le gustaba quedarse en casa y a mí me mimaba a escondidas, como si temiera contagiarme solo con su presencia. Y entonces sus rasgos descompuestos respiraban tal bondad, la mueca febril de sus labios era sustituida por una sonrisa tan conmovedora, sus ojos marrones rodeados de arrugas finitas brillaban con tanto amor que, involuntariamente, pegaba mi mejilla a la suya, húmeda y cálida por las lágrimas. Yo secaba con mi pañuelo esas lágrimas y ellas volvían a derramarse, sin esfuerzo, como el agua de un vaso lleno. Yo también comenzaba a llorar y él me consolaba, me acariciaba la espalda, sus labios temblorosos me llenaban la cara de besos. Todavía ahora, veintitantos años después de su muerte, cuando recuerdo a mi pobre padre, unos sollozos mudos me suben a la garganta y el corazón me late, me late con tanta fuerza y amargura, se consume con una lástima tan angustiosa, como si todavía le quedara mucho tiempo por latir y algo por lo que sentir lástima.

Mi madre, por el contrario, siempre se dirigía a mí de la misma forma, dulce pero fría. En los libros infantiles suelen encontrarse estas madres, sentenciosas y rectas. Ella me quería, pero yo a ella no. Así es, rechazaba a mi virtuosa madre y quería a mi padre con todo mi ser.

Pero es suficiente por el día de hoy. El principio ya lo tengo y por el final, sea el que sea, no tengo que preocuparme. De él se encarga mi enfermedad.

21 de marzo

Hoy hace un tiempo extraordinario. Es un día cálido, claro; el sol juega alegre con la nieve derretida; todo brilla, humea, gotea; los gorriones gritan como locos junto a las vallas oscuras empañadas; el aire húmedo me irrita el pecho dulce y terriblemente. ¡La primavera, la primavera ha llegado! Estoy sentado debajo de la ventana y miro más allá del río, al campo. ¡Oh, Naturaleza, Naturaleza! Te quiero tanto, y de tus entrañas salí yo incapaz incluso para la vida. Ahí salta un gorrión macho con las alas desplegadas; chilla y cada sonido de su voz, cada pluma erizada de su pequeño cuerpo, respira salud y fuerza…

Y ¿qué puede deducirse aquí? Nada. Él está sano y tiene derecho a gritar y a erizar las plumas, mientras que yo estoy enfermo y he de morir, eso es todo. No merece la pena hablar más de esto. Y los llamamientos lagrimosos a la Naturaleza son cómicos y absurdos. Regresemos a la narración.

Como ya se ha dicho, tuve una infancia muy mala y triste. No tuve hermanos ni hermanas. Me educaron en casa. ¿A qué se habría dedicado mi madre si me hubieran entregado a un internado o a alguna institución del Estado? Para eso son los niños, para que los padres no se aburran. Vivíamos sobre todo en la aldea, a veces íbamos a Moscú. Tuve preceptores y maestros, como es costumbre; en mi memoria se ha quedado, sobre todo, un alemán raquítico y lacrimoso, Rickmann, un ser increíblemente triste y abatido por el destino, al que en vano consumía la penosa nostalgia por su lejana patria.

Mi tío Vasili, apodado Gusynia, solía sentarse junto al horno, en el ambiente terriblemente cargado de la estrecha antesala, impregnada por completo de olor ácido a *kvas*[2] añejo, sin afeitar y con su eterno caftán cosaco de arpillera azul, bueno, pues se sentaba ahí y jugaba a las cartas, al reto, con Potap, el cochero, quien acababa de estrenar zamarra de piel de oveja, blanca como la espuma, y botas irrompibles engrasadas con lardo, mientras Rickmann cantaba al otro lado del tabique:

Herz, mein Herz, warum so traurig?
Was bekümmert dich so sehr?
S'ist ja schön im fremden Lande.
Herz, mein Herz, was willst du mehr?[3]

Tras la muerte de mi padre nos trasladamos definitivamente a Moscú. Yo tenía entonces doce años. Mi padre murió por la noche, de un ataque. No olvidaré esa noche. Yo dormía profundamente, como suelen dormir

---

[2] Bebida rusa de muy baja graduación, obtenida de la fermentación de pan de centeno y frutas. *(Esta nota y las siguientes son de la traductora).*

[3] ¿Por qué estás tan triste, corazón? / ¿Qué es eso que tanto te desespera? / Se está bien en tierra extranjera. / ¿Qué más puedes pedir, corazón? (Traducción del alemán de Carlos Fortea).

todos los niños; pero recuerdo que incluso en sueños me parecía sentir un ronquido fuerte y regular. De repente siento que alguien me agarra y me tira del hombro. Abro los ojos, enfrente está mi tío. «¿Qué pasa?...». «Levántese, levántese, Alekséi Mijáilych se muere...». Me levanto de la cama y voy como loco al dormitorio. Miro y veo a mi padre echado con la cabeza hacia atrás, todo rojo, jadeando penosamente. En la puerta se agolpaba la gente con cara atemorizada; en la antesala, una voz afónica preguntó: «¿Han mandado llamar al doctor?». En el patio sacan un caballo de las cuadras, el portalón chirría; una vela de sebo arde en el suelo de la habitación, donde también se consume mi madre, sin perder, por cierto, ni el decoro ni la conciencia de su dignidad. Yo me lancé al pecho de mi padre, lo abracé, empecé a balbucear: «Papá..., papaíto...». Él yacía inmóvil y entornaba los ojos de forma un tanto extraña. Lo miré a la cara: un horror insoportable me cortó la respiración, el miedo me hizo piar como un pajarillo al que han atrapado con brusquedad; me agarraron y me arrastraron lejos de él. Todavía la víspera, como si hubiera presentido la cercanía de su muerte, me había regalado con tanto ardor y melancolía. Trajeron a un médico somnoliento y con carraspera, con un fuerte olor a vodka de apio de monte. Mi padre murió bajo su sangradera y al día siguiente yo, completamente atontado por el dolor, estaba con una vela en las manos delante de la mesa en la que yacía el difunto mientras oía sin entender el cerrado cantar del salmista, interrumpido de vez en cuando por la voz débil del sacerdote. Las lágrimas me caían continuamente por las mejillas y los labios, por el cuello y la pechera. Me ahogaba en lágrimas, miraba con insistencia, con atención miraba el rostro inmóvil de mi padre, como si esperara algo de él. Y mi madre, entretanto, se arrodillaba y besaba el suelo, se ponía en pie despacio y, santiguándose, estrechaba con fuerza los dedos contra la frente, los hombros, el estómago. En mi cabeza no había ni un solo pensamiento; estaba entumecido por completo, pero sentía que me estaba ocurriendo algo terrible… La muerte me había mirado a la cara y había reparado en mí.

Al morir mi padre, nos mudamos a Moscú por una razón muy sencilla: toda nuestra heredad fue subastada por deudas, literalmente todo, excepto una pequeña aldea, la misma en la que ahora estoy poniendo fin a mi espléndida existencia. Confieso que, aunque era pequeño, me puse triste por la venta de nuestro nido; bueno, en realidad, solo fue por nuestro jardín. A ese jardín estaban unidos mis pocos recuerdos felices; una tarde tranquila de primavera enterré aquí a mi mejor amigo, un perro viejito y rabón con las patas torcidas, Triksa; aquí, escondido entre la hierba alta, solía comer manzanas robadas, unas rojas y dulces de Nóvgorod; y, por último, aquí vi por primera vez, entre los arbustos de frambuesas maduras a la doncella Klavdia, quien, a pesar de su nariz chata y de su costumbre de reírse cubriéndose con el pañuelo, prendió en mí una pasión tan dulce que en su presencia yo apenas respiraba, me quedaba inmóvil y sin palabras, y una vez, un domingo claro, cuando le llegó el turno de besar mi mano señorial, por poco no me arrojo a cubrir de besos sus borceguíes de cabra destaconados. ¡Dios mío! ¿De verdad han pasado veinte años? ¿Hace tanto que yo montaba mi caballo alazán y peludo, siguiendo el viejo seto de nuestro jardín, y que, de pie sobre los estribos, arrancaba las hojas bicolores de los álamos? Mientras el hombre vive, no percibe su propia vida; esta, como un sonido, se vuelve clara varios años después.

¡Ay, jardín mío! ¡Ay, caminitos cubiertos de hierba junto al pequeño estanque, donde yo pescaba gobios y carpas! Y vosotros, altos abedules de largas ramas colgantes, entre las que flotaba la cancioncilla tristona de un aldeano, interrumpida de desigual manera por los golpes de una telega, ¡a vosotros envío mi último perdón!… Al despedirme de la vida, solo a vosotros tenderé mis manos. Quisiera aspirar una vez más el frescor amargo de la artemisa, el olor dulce del alforfón en los campos de mi patria. Quisiera oír una vez más, a lo lejos, la humilde celebración de la campana rajada en nuestra iglesia parroquial; echarme una vez más a la sombra fresca de una encina en la ladera de un barranco familiar; seguir una vez más con la mirada el ligero rastro del viento, que camina como una corriente oscura por la hierba dorada de nuestro prado…

¡Ay!, y ¿qué sentido tiene todo esto? Pero hoy no puedo seguir. Hasta mañana.

22 de marzo

Hoy hace frío y se ha vuelto a nublar. Este tiempo es bastante más acertado. Acompaña más a mi trabajo. El día de ayer, completamente inoportuno, despertó en mí numerosos sentimientos y recuerdos innecesarios. No se repetirá más. Las efusiones sentimentales son como el regaliz: al principio lo chupas y parece que no está mal, pero después se queda un sabor desagradable en la boca. Empezaré a contar mi vida con sencillez y tranquilidad.

Así que nos mudamos a Moscú…

Pero me viene una idea a la cabeza: ¿seguro que merece la pena que cuente mi vida?

No, definitivamente no la merece. Mi vida no se diferencia en nada de la vida de otra mucha gente. La casa paterna, la universidad, el servicio en los grados bajos del escalafón, el cese, un pequeño círculo de conocidos, pobreza sencilla, placeres modestos, ocupaciones humildes, deseos moderados, tengan la bondad de decirme si hay alguien que no conozca nada de esto. Y por eso no voy a contar mi vida, tanto más porque escribo para deleite mío; y dado que hasta yo creo que mi pasado no tiene nada demasiado alegre, y ni siquiera demasiado triste, debe de ser que no hay nada digno de atención. Mejor intentaré exponer mi propio carácter.

¿Qué clase de persona soy?… Se me podría decir que esto tampoco lo ha preguntado nadie, y estoy de acuerdo. Pero me muero, se lo juro, me muero, y antes de morir la verdad es que creo que es perdonable tener el deseo de saber qué clase de pájaro dicen que fui.

Habiendo reflexionado como es debido esta importante cuestión y sin tener, por lo demás, ninguna necesidad de expresarme con bastante amargura en lo que a mí se refiere, como suelen hacer las personas firmemente seguras de sus virtudes, he de confesar una cosa: en este mundo he sido un hombre completamente superfluo o, quizá, un pájaro completamente superfluo. Y estoy dispuesto a demostrarlo mañana, porque hoy tengo la misma tos que una oveja vieja y mi aya, Teréntievna, no me deja tranquilo: «Échese, padrecito, y tómese un té»... Sé por qué me atosiga: ella es quien quiere ese té. Bueno, ¿por qué no?... ¿Cómo no permitir que una pobre vieja saque todo el provecho posible de su señor?... Mientras haya tiempo.

23 de marzo

Invierno otra vez. Nieva copiosamente.

Superfluo, superfluo… He encontrado la palabra perfecta. Cuanto más me interno en mí mismo, cuanto más atentamente contemplo mi vida pasada, más me convenzo de la dura verdad de la expresión. Superfluo, eso es. Esta palabra no se ajusta a otras personas… Hay gente mala, buena, inteligente, tonta, agradable y desagradable, pero superflua…, no. Bueno, entiéndanme, el universo también podría pasar sin esas personas, claro; pero la inutilidad no es su cualidad principal, no es lo que les distingue, y si ustedes hablan de ellos, la palabra *superfluo* no es la primera que les viene a la lengua. Pero yo…, de mí no se puede decir ninguna otra cosa: superfluo, nada más. Un excedente, eso es todo.

Es evidente que la Naturaleza no contaba con mi aparición y, en consecuencia, se comportó conmigo igual que con un huésped no esperado ni invitado. No en vano un burlón, un gran aficionado al *préférence*, decía que mi madre se quedó zapatera conmigo. Yo ahora digo lo mismo de mí, sin rabia alguna… ¡Es cosa del pasado! Continuamente, toda mi vida, he encontrado ocupado mi lugar, quizá porque buscaba ese lugar donde no debía. Como todos los enfermos, era receloso, vergonzoso, irascible; por lo demás, probablemente a causa de mi superfluo amor propio o, en general, a consecuencia de la desgraciada composición de mi persona, entre mis sentimientos y mis pensamientos —y la expresión

de esos sentimientos y pensamientos— había un obstáculo absurdo, incomprensible e insuperable; y cuando
a la fuerza me decidía a vencer ese obstáculo, a romper
esa barrera, entonces mis movimientos, la expresión de
mi cara, todo mi ser, adquiría un aire de penosa tensión;
pero no era solo apariencia, en verdad me volvía afectado
y tenso. Yo me daba cuenta y me apresuraba a encerrar-
me en mí mismo de nuevo. Y entonces en mi interior se
disparaba una terrible alarma. Me analizaba hasta la sa-
ciedad, me comparaba con otros, recordaba la más mí-
nima mirada, sonrisa, palabra de la gente ante la que
quería abrirme, interpretaba todo de mala manera, me
reía sarcástico de mis pretensiones de ser como todos y,
de repente, entre la risa, me derrumbaba abatido, caía
en una melancolía ridícula, y otra vez volvía a las anda-
das; en resumen, daba vueltas como una ardilla en una
rueda. Pasaba días enteros en esa ocupación penosa, in-
fructuosa. Y ahora, tengan la bondad de decirme, dígan-
melo: ¿quién y para qué necesita a un hombre así? ¿Por
qué me pasaba eso, cuál es la causa de estas minuciosas
tareas que me traigo? ¿Alguien lo sabe? ¿Alguien me lo
dirá?

Recuerdo que en cierta ocasión salía de Moscú en
diligencia. El camino era bueno y al tiro de cuatro caballos el cochero enganchó uno de refuerzo en un lateral.
Este infeliz caballo, el quinto y completamente inútil,
atado de cualquier forma a la delantera con una cuerda
gruesa y corta, que le hiere implacable el muslo, le roza
el rabo, le obliga a correr de una forma nada natural y

da a todo su cuerpo el aspecto de una coma, siempre me provoca una profunda lástima. Le hice notar al cochero que, quizá, esta vez podíamos pasar sin ese quinto caballo… Él guardó silencio, se echó el sombrero hacia atrás, con calma fustigó unas diez veces el vientre hinchado, pasando por encima del delgado lomo, y no sin malicia dijo: «Ya ve, ¡pues parece que ha llegado! ¡Qué diablos!».

Y yo también llegué… Sí, gracias a que la estación no estaba lejos.

Superfluo… He prometido demostrar la exactitud de esta opinión mía y cumpliré mi promesa. No considero necesario mencionar los miles de pequeñeces, los incidentes y sucesos diarios que, por lo demás, a ojos de cualquier persona con cabeza podrían servir de pruebas irrefutables a mi favor, es decir, a favor de mi punto de vista. Mejor empezaré directamente con un suceso bastante importante, después del cual es probable que ya no quede ninguna duda sobre la precisión de esa palabra: *superfluo*. Repito, no me propongo entrar en detalles, pero no puedo guardarme una circunstancia bastante curiosa y admirable: la extraña forma en que me trataban mis amigos (sí, también yo he tenido amigos) cada vez que me los encontraba o incluso si pasaba a verlos. Parecían sentirse incómodos; al encontrarse conmigo, era como si no sonrieran de forma completamente natural, no me miraban a los ojos o a los pies, como hacen otros, sino a las mejillas, me estrechaban la mano con prisa, y con prisa decían: «¡Ah, hola, Chulkaturin!» (el destino me dispensó el favor de ese nombre) o «Anda, aquí está Chulkaturin», y enseguida se apartaban e incluso después se quedaban un rato inmóviles, como si se esforzaran en recordar algo. Yo me daba cuenta de todo porque no estoy falto de perspicacia ni del don de la observación. En realidad soy bastante inteligente, incluso a veces se me ocurren ideas bastante divertidas, nada corrientes, pero puesto que soy un hombre superfluo y con un candado en mi interior, pues me cuesta horrores expresar mi idea, tanto más porque sé de antemano que la contaré mal. Incluso a veces me parece raro cómo habla la gente, con tanta sencillez y facilidad… Fíjate, ¡qué apañados! Es decir, que tengo que confesar que también yo, a pesar de mi candado, a veces siento una comezón en la lengua; pero, en realidad, solo de joven profería esas palabras, y en una edad más madura lograba dominarme casi siempre. Solía decirme a media voz: «Mejor nos quedamos callados», y me tranquilizaba. Todos nosotros valemos para guardar silencio; esto lo dominan especialmente nuestras mujeres: una eminente cantante rusa sabía mantener un silencio tan poderoso que incluso era capaz de producir ligeros temblores y sudores fríos en un hombre preparado para tal espectáculo. Pero no estamos hablando de eso y no seré yo quien critique a los demás. Empiezo con el relato prometido.

Hace varios años, gracias a una confluencia de circunstancias bastante insignificantes, pero muy importantes para mí, tuve que pasar unos seis meses en O…, una capital de provincia. Toda la ciudad estaba construida en pendiente, y no era una construcción muy cómoda. Se calculaba que tenía cerca de ochocientos habitantes, y era de una pobreza sorprendente, las casitas no tenían parecido con nada; en la calle principal, a título de calzada, unas placas amenazantes de caliza basta blanqueaban aquí y allá, e incluso las telegas las rodeaban; justo en el centro de una plaza asombrosamente sucia se alzaba una construcción diminuta y amarillenta con agujeritos lóbregos, y en estas aberturas se situaba gente con gorras de visera grande que aparentaba comerciar. También aquí se alzaba una percha increíblemente alta y junto a la percha, para mantener el orden, se guardaba por orden de las autoridades un carro de heno amarillo y paseaba una gallina de propiedad estatal. Resumiendo, en la ciudad de O… se vivía como en ningún sitio. Los primeros días de mi estancia allí, casi me volví loco de aburrimiento. Sobre mí he de decir que sí, soy superfluo, pero no por propia voluntad; soy un enfermo, y no soporto la enfermedad… No le puse reparos a la felicidad, incluso me esforcé en acercarme a ella por la izquierda y por la derecha… Y por eso no sorprende que yo también pueda aburrirme, como cualquier otro mortal. Estaba en O… por asuntos del servicio…

Decididamente, Teréntievna ha jurado matarme. Este es un pequeño ejemplo de nuestra conversación:

Teréntievna: ¡Ay, ay, padrecito! ¿Qué hace todo el rato escribiendo? No le sienta bien escribir.

Yo: ¡Pero me aburro, Teréntievna!

Ella: Tómese un té y acuéstese. Quiera Dios que sude bien, que duerma un poquito.

Yo: Pero no quiero dormir.

Ella: ¡Ay, padrecito! ¿Qué dice? ¡Dios le ampare! Échese, échese, es lo mejor.

Yo: ¡Aun con eso moriré, Teréntievna!

Ella: Dios le cuidará, se apiadará de usted… Entonces, ¿quiere un té?

Yo: ¡No sobreviviré una semana, Teréntievna!

Ella: ¡Huy, huy, padrecito! ¿Qué dice? Ahora voy y preparo el samovar.

¡Ay, ser caduco, desdentado y zaino! ¿De veras tampoco para ti soy un hombre?

24 de marzo. Frío crudo

El mismo día de mi llegada a O… los asuntos de trabajo antes citados me obligaron a visitar a un tal Kirilla Matvéievich Ozhoguin, uno de los funcionarios destacados de la provincia, pero entablamos conocimiento o, como suele decirse, congeniamos dos semanas después. Su casa estaba situada en la calle principal y se diferenciaba de las demás por su tamaño, por el tejado pintado y por los dos leones del portalón, unos de una raza increíblemente parecida a la de esos perros malogrados cuya patria es Moscú. Solo por uno de esos leones se podía deducir que Ozhoguin era un hombre con posibles. Y, en efecto, tenía unas cuatrocientas almas campesinas; recibía en su casa a lo mejor de la sociedad de O… y tenía fama de hospitalario. A su casa iba también el regidor de la ciudad en un *drozhki*[4] amplio y rojizo de dos caballos, un hombre increíblemente grande y como hecho de un material deteriorado. E iban los demás funcionarios: el encargado de los juicios —un ser algo zaino y malo—, el vivaz agrimensor —de origen alemán, pero con cara de tártaro—, el oficial de caminos y canales —un alma bondadosa, cantante pero chismoso—, y el antiguo administrador de la provincia —un señor de pelo teñido, pechera ahuecada, pantalones ceñidos y esa expresión magnánima en la cara propia de la gente que ha sido procesada—. Además iban dos terratenientes,

---

[4] Coche ligero y abierto, con resortes.

amigos inseparables, los dos entrados en años e incluso ajados, y el más joven una y otra vez humillaba al mayor y le cerraba la boca con el mismo reproche: «Ya está bien, Serguéi Serguéich, ¿a qué todo esto? Si la palabra *tapón* la escribe con *b*. Así es, señores —enfervorizado, continuaba su discurso, dirigiéndose a los presentes—, Serguéi Serguéich no escribe *tapón*, sino *tabón*». Y todos los presentes se reían, aunque es probable que ni uno de ellos se distinguiera por su especial habilidad en la escritura, mientras el infeliz Serguéi Serguéich callaba y con una sonrisa apagada inclinaba la cabeza. Pero me olvido de que mi tiempo está contado y estoy entrando en descripciones demasiado detalladas. Así que, sin más preámbulos: Ozhoguin estaba casado, tenía una hija, Yelizaveta Kiríllovna, y yo me enamoré de su hija.

Ozhoguin era, en sí, un hombre mediocre, ni malo ni bueno; su mujer podía confundirse con un pollo viejo; pero la hija no había salido a sus padres. Era bastante guapa, de carácter vivo y dócil. Sus ojos grises, claros, miraban bondadosos y directos bajo sus infantiles cejas alzadas; casi siempre sonreía y se reía también muchísimo. Su voz fresca tenía un sonido muy agradable, se movía con soltura, con prisa, y enrojecía de alegría. No vestía con mucha gracia, llevaba solo vestidos sencillos. En general yo no soy rápido entablando conocimiento con nadie, y si con alguien me sentía cómodo desde el primer momento —algo que, por cierto, casi nunca sucedía—, entonces confieso que decía mucho a favor del nuevo conocido. No sabía dirigirme a las mujeres y en su presencia bien me enfurruñaba y adoptaba un aire fiero, bien me reía de la forma más tonta y, desconcertado, se me trababa la lengua. Por el contrario, con Yelizaveta Kiríllovna desde el principio me sentí como en casa. Y sucedió así: un día llegué a casa de Ozhoguin antes de la hora de comer, pregunté: «¿Está en casa?». Me dicen: «Sí, se está vistiendo; pase a la sala». Y yo paso a la sala; miro y veo en la ventana, de espaldas a mí, a una joven en vestido blanco y con una jaula en las manos. Según era mi costumbre, me disgusté; pero no hice nada, solo tosí un poco por cumplir. La joven se dio la vuelta rápidamente, tanto que sus rizos le dieron en la cara, me vio, me saludó con una inclinación y, sonriendo, me enseñó una cajita llena hasta la mitad de semillas. «¿Me permite?». Yo, claro está, como es costumbre en estos casos, primero incliné la cabeza y, al mismo tiempo, flexioné y estiré rápidamente las rodillas (como si alguien me hubiera golpeado en los tendones de las rodillas desde atrás), lo que, como es sabido, es señal de perfecta educación y de grata desenvoltura en los modales, y después sonreí, levanté la mano y con cuidado y suavidad la moví en el aire un par de veces. La muchacha me dio la espalda en el acto, sacó de la jaula una tablita, con fuerza empezó a rascarla con un cuchillo y, de repente, sin cambiar de posición, dijo las siguientes palabras: «Es el camachuelo de mi padre… ¿Le gustan los camachuelos?». «Prefiero los luganos», respondí yo, no sin cierto esfuerzo. «¡Oh! Yo también prefiero los luganos, pero mírelo, es tan bonito… Mírelo, no tenga miedo. (Estaba sorprendido de no tenerlo). Acérquese. Se llama Popka». Yo me acerqué, me incliné. «¿Verdad que es precioso?». Ella giró la cara hacia mí, pero estábamos tan cerca el uno del otro que tuvo que apartar un poco la cabeza para mirarme con esos ojos claros suyos. Yo la miré: su cara joven, rosada, esbozaba una sonrisa tan amistosa que yo también sonreí y por poco no me echo a reír de placer. La puerta se abrió, entró el señor Ozhoguin. Al momento me acerqué a él, empecé a hablar muy distendido, ni yo mismo sé cómo me quedé a comer, y luego toda la tarde. Y al día siguiente el lacayo de Ozhoguin, un hombre largo y cegato, ya me sonreía como a un amigo de la casa mientras me quitaba el capote.

Encontrar un refugio, hacerse un nido aunque sea temporal, conocer el solaz de relaciones y hábitos diarios, tal felicidad yo, el superfluo, hasta entonces no la había experimentado sino en los recuerdos familiares. Si algo de mí pudiera recordar a una flor, y si esa comparación no estuviera tan gastada, me atrevería a decir que desde ese día mi alma floreció. ¡Todo en mí y a mi alrededor había cambiado tanto en un instante! El amor iluminó toda mi vida, sí, toda, hasta el detalle más pequeño, como una habitación oscura, abandonada, a la que se entra con una vela. Me acostaba y me levantaba, me vestía, desayunaba, fumaba en pipa… de una forma diferente, incluso brincaba un poco al andar, de verdad, como si de repente me hubieran crecido alas en los hombros. Recuerdo que ni un solo momento me asaltó incertidumbre alguna sobre los sentimientos que me inspiraba

Yelizaveta Kiríllovna: desde el primer día me enamoré apasionadamente y desde el primer día supe que estaba enamorado. Durante tres semanas la vi a diario. Esas tres semanas fueron la época más feliz de mi vida. Pero su recuerdo me abruma. No puedo pensar solamente en ellas, involuntariamente se me presenta lo que vino después y una amargura venenosa se apodera lentamente de mi corazón recién enternecido.

Cuando un hombre se siente muy bien, es sabido que su cerebro no trabaja mucho. Un sentimiento tranquilo y alegre, el sentimiento de estar satisfecho, se infiltra en todo su ser, lo absorbe; la conciencia de ser un individuo desaparece, se siente completamente feliz, como esa tontería que dicen los poetas educados. Pero cuando al fin pasa el encantamiento, el hombre a veces siente y lamenta haber cuidado tan poco de sí mismo en medio de esa felicidad, no haber duplicado sus reflexiones, sus recuerdos, no haber proseguido con su disfrute…, como si el hombre completamente feliz tuviera cuándo hacer esas cosas, ¡si ni se para a meditar sus sentimientos! Un hombre feliz es como una mosca al sol. Por eso, cuando evoco esas tres semanas, me resulta casi imposible retener en la cabeza una impresión precisa, definida, tanto más cuanto que en el transcurso de todo ese tiempo no ocurrió entre nosotros nada especialmente notable… Esos veinte días me parecen algo cálido, joven y oloroso, una franja de luz en mi vida opaca y gris. Mi memoria se vuelve implacablemente fiel y clara solo desde el instante en que, por decirlo también con una tontería de los educados autores, me embisten los golpes del destino.

Sí, esas tres semanas… Con todo, tampoco es que hayan dejado en mí alguna imagen. A veces, cuando me da por pensar mucho en esos tiempos, de pronto emergen otros recuerdos de entre las sombras del pasado, igual que las estrellas aparecen repentinamente en el cielo nocturno al encuentro de unos ojos fijos y atentos. Sobre todo se me ha quedado grabado un paseo por el pequeño bosque de las afueras de la ciudad. Éramos cuatro: la vieja Ozhóguina, Liza y un tal Bizmiónkov, un funcionario menor de O…, un hombre de pelo castaño, bonachón y manso. El señor Ozhoguin se había quedado en casa; demasiadas horas de sueño le habían provocado dolor de cabeza. Era un día maravilloso, cálido y sereno. Hay que señalar que los jardines de recreo y los paseos sociales no son del agrado del hombre ruso. En las ciudades de provincias, en los denominados jardines públicos no encontrará usted un alma en ninguna época del año; a lo mejor alguna viejecita se sienta gimiendo en un banco verde recalentado por el sol, en las inmediaciones de un arbolillo enfermo, y eso en el caso de que no haya cerca de su casa un banco mugriento. Pero si en las inmediaciones de una ciudad hay un bosquecillo claro de abedules, los domingos y los días de fiesta los mercaderes, y a veces los funcionarios, van allí de buen grado, transportando samovares, empanadas, sandías, dejan toda esa abundancia en la hierba cubierta de polvo junto al camino, se sientan en círculo y dedican el tiempo a comer y a tomar té con ganas hasta bien entrada la tarde. Precisamente entonces había un bosquecillo así a dos verstas de la ciudad de O… Llegamos allí después de comer, tomamos té como es debido y después los cuatro nos fuimos a pasear. Bizmiónkov tomó del brazo a la Ozhóguina mayor, y yo a Liza. El día había dado paso a la tarde. Yo estaba entonces en el apogeo del primer amor (no habían pasado ni dos semanas desde que nos conociéramos), en ese estado de adoración apasionada y atenta en que con toda el alma se sigue inocente e involuntariamente cada movimiento del ser amado, en que no es capaz de hartarse de su presencia, de cansarse de oír su voz, en que sonríe y mira como un niño recuperado de una enfermedad, y una persona algo experimentada sabría a cien pasos y a primera vista qué es lo que ocurre. Hasta ese día no había tenido la ocasión de ir del brazo de Liza. Caminaba a su lado pisando suavemente la hierba verde. Un suave viento parecía revolotear a nuestro alrededor, entre los troncos blancos de los abedules, y de vez en cuando me lanzaba a la cara la cinta de su sombrerito. Yo seguía obsesivamente su mirada hasta que ella, al fin, se dirigía a mí risueña, y entonces los dos nos sonreíamos. Los pájaros piaban aprobadores sobre nosotros, el cielo azul se filtraba con dulzura entre el follaje menudo. La cabeza me daba vueltas por la abundancia de placer. Me apresuraré en señalar que Liza no estaba enamorada de mí en absoluto. Yo le gustaba, en general ella no rehuía a nadie, pero yo no estaba predestinado a perturbar la tranquilidad de su infancia. Ella caminaba de mi brazo como si fuera su hermano. Tenía por entonces diecisiete años… Y, entre tanto, esa misma tarde, en mi presencia, en ella empezó esa efervescencia interior, calma, que precede a la transformación de niña en mujer… Fui testigo de ese cambio en una criatura, de esa perplejidad inocente, de ese ensimismamiento alarmado; primero advertí esa inesperada suavidad en su mirada, esa inseguridad que resonaba en su voz y —¡ay, bobo!, ¡ay, hombre superfluo!— en toda una semana no tuve la vergüenza de suponer que yo, yo, había sido la causa de ese cambio.

Así fue como sucedió:

Estuvimos paseando bastante, hasta bien entrada la tarde, y hablamos poco. Yo callaba, como todo enamorado inexperto, y es probable que ella no tuviera nada que decirme; pero parecía que le daba vueltas a algo y a ratos meneaba la cabeza de manera especial, mientras mordisqueaba pensativa una hojita arrancada. A veces empezaba a avanzar, tan decidida… y después se paraba de pronto, me esperaba y miraba a su alrededor con las cejas levantadas y una sonrisa distraída. La víspera, ella y yo habíamos estado leyendo *El prisionero del Cáucaso*. Con qué avidez me había escuchado, la cara apoyada en ambas manos y el pecho arrimado a la mesa… Yo iba a hablar de la lectura del día anterior; ella enrojeció, me preguntó si antes de salir le había dado cañamón al camachuelo, empezó a entonar una cancioncilla en voz alta y se calló de repente. En un lado, el bosquecillo acababa en un precipicio bastante alto y abrupto, abajo corría un río sinuoso y, en la otra orilla, en un espacio inmenso se extendían, bien alzándose suavemente como olas, bien flotando ampliamente como un mantel, praderas infinitas atravesadas en algunos puntos por barrancos. Liza y yo fuimos los primeros en salir al linde del bosque; Bizmiónkov se había quedado atrás con la señora. Salimos del bosque, nos paramos e, involuntariamente, los dos entornamos los ojos: justo enfrente de nosotros, entre la niebla incandescente, había un sol enorme, púrpura. Ruborizado, medio cielo había empezado a arder; los rayos rojos golpeaban las praderas por encima, lanzando destellos encarnados sobre el lado en sombra de los barrancos, caían como plomo ígneo sobre el río, allí donde este no se escondía bajo los arbustos colgantes, y parecían estancarse en el seno del precipicio y del bosquecillo. Estábamos quietos, bañados por el cálido resplandor. No estoy en condiciones de transmitir toda la vehemente solemnidad de esa imagen. Dicen que a cierto ciego el color rojo le pareció el sonido de una trompeta; no sé hasta qué punto es certera esta comparación, pero en verdad hubo una llamada en el oro ardiente del aire de la tarde, en el brillo púrpura del cielo y de la tierra. Entusiasmado, dejé escapar una exclamación y al instante me volví hacia Liza. Ella miraba directamente al sol. Recuerdo que el fuego del crepúsculo se reflejaba en sus ojos formando pequeñas manchas ígneas. Estaba aturdida, profundamente conmovida. No respondió nada a mi exclamación, se quedó mucho tiempo inmóvil, bajó la cabeza… Le tendí la mano; ella me volvió el rostro y de pronto se anegó en lágrimas. Yo la miré secretamente sorprendido, casi alegre… La voz de Bizmiónkov resonó a dos pasos de nosotros. Liza se apresuró a secarse las lágrimas y me miró con sonrisa indecisa. La madre salió del bosquecillo apoyada en el brazo de su acompañante castaño; era su turno de admirar la vista. La mujer le preguntó algo a Liza y recuerdo que yo me estremecí involuntariamente cuando en respuesta le llegó, como un espejo un poco rajado, la voz rota de su hija. Mientras, el sol se había puesto, el crepúsculo empezó a decaer. Regresamos. Otra vez iba del brazo de Liza. En el bosquecillo todavía había luz y pude distinguir con claridad sus rasgos. Estaba confusa y no alzó la vista. El rubor, extendido por todo el rostro, no desaparecía, como si siguiera estando bajo los rayos del sol poniente… Su mano apenas rozaba la mía. Durante un buen rato fui incapaz de hablar, tan fuerte me latía el corazón. A lo lejos, entre los árboles, se distinguía el coche; al paso, el cochero venía a nuestro encuentro por la arena porosa del camino.

—Lizaveta Kiríllovna —dije al fin—, ¿por qué lloraba?

—No lo sé —replicó ella tras un pequeño silencio, me miró con ojos dóciles, aún húmedos (me pareció que su mirada había cambiado) y volvió a guardar silencio.

—Veo que le agrada la naturaleza… —continué yo.

No era eso lo que quería decir y mi lengua apenas pudo terminar de balbucear la última frase. Ella meneó la cabeza; yo no fui capaz de decir una palabra más…, esperaba algo… —¡para nada una declaración!—, esperaba una mirada confiada, una pregunta… Pero Liza miraba al suelo y callaba. Repetí a media voz: «¿Por qué?», no recibí respuesta. Ella se sintió incómoda, lo sentí, casi avergonzada.

Cuarto de hora después, ya estábamos en el coche camino de la ciudad. Los caballos mantenían un trote animado; avanzábamos deprisa en el aire húmedo del anochecer. De pronto me lancé a hablar, me dirigía sin pausa ya a Bizmiónkov, ya a Ozhóguina, no miraba a Liza, no me di cuenta de que, desde un rincón del coche, su mirada se detenía en mí más de una vez. En casa se animó un poco, aunque no quiso leer conmigo y se marchó a dormir enseguida. Había tenido lugar la ruptura, esa ruptura de la que he hablado. Había dejado de ser una niña, ella también había empezado a esperar… como yo… algo. No esperó mucho.

Esa noche, sin embargo, yo regresé a mi piso completamente fascinado. Esa angustia que surgiera en mí, ya fuera presentimiento, ya fuera sospecha, había desaparecido: la inesperada artificiosidad en el comportamiento de Liza la había atribuido a la vergüenza infantil, a la timidez… ¿Acaso no había leído miles de veces en muchas obras que las muchachas siempre se inquietan y asustan cuando el amor hace su primera aparición? Me sentía muy feliz y mi cabeza ya había trazado diferentes planes…

Si alguien me hubiera dicho entonces al oído: «¡Te mientes, amigo! Eso no es en absoluto lo que te aguarda, hermano, a ti te aguarda morir solo, en una casucha fea, bajo el compás del insoportable rezongar de una vieja que no ve el momento de que te llegue la muerte para vender tus botas por un precio mínimo…».

Sí, por fuerza tendrás que decir, como el filósofo ruso: «¿Cómo saber lo que no sabes?». Hasta mañana.

25 de marzo. Día blanco de invierno

He releído todo lo que escribí ayer y por poco no he hecho pedazos el cuaderno. Creo que estoy siendo demasiado prolijo y demasiado dulce en mi relato. Claro que, puesto que los demás recuerdos de esa época no son nada placenteros, excepto ese placer de un género especial en el que pensaba Lérmontov cuando dijo que es alegre y doloroso hurgar en las llagas de heridas viejas, ¿por qué no mimarme un poco? Aunque es menester saber cuándo parar. Y por eso voy a continuar sin dulzura alguna.

En el transcurso de la semana que siguió al paseo en las afueras, mi situación, en realidad, no mejoró lo más mínimo, aunque la transformación de Liza era más visible cada día que pasaba. Como ya he dicho, yo interpretaba ese cambio de la forma más ventajosa para mí… La desdicha de los solitarios y tímidos —tímidos debido a su amor propio— consiste precisamente en que, aun teniendo ojos e incluso abriéndolos muchísimo, no llegan a ver nada o ven todo bajo una luz equivocada, como a través de unas lentes tintadas. Sus propias ideas y observaciones les obstaculizan cada paso. Al principio de conocernos, Liza se dirigía a mí confiada y desenvuelta, como un crío; quizá en su disposición hacia mí hasta hubiera algo más que un cariño infantil, sencillo… Pero cuando en ella tuvo lugar esa extraña ruptura, casi inesperada, empezó a sentirse, después de un breve instante de perplejidad, incómoda en mi presencia: se apartaba de mí involuntariamente y al mismo tiempo se quedaba triste y pensativa… Esperaba…, ¿el qué? Ni ella lo sabía… y yo…, como se ha dicho, yo me alegraba de esa transformación… Yo, se lo juro, por poco no me quedaba paralizado de entusiasmo. Por lo demás, estoy dispuesto a aceptar que otro en mi lugar también se habría engañado… ¿Quién no tiene amor propio? Ni que decir tiene que solo me quedó claro con el paso del tiempo, cuando hube de cortar mis alas erradas, y ya de por sí impotentes.

El malentendido surgido entre Liza y yo se prolongó una semana entera, y no hay nada sorprendente en ello: he sido testigo de malentendidos que se han prolongado año tras año. Además, ¿quién dice que solo hay una única verdad auténtica? La mentira es igual de vivaz que la verdad, si no más. Cierto que, lo recuerdo, incluso durante esa semana, de vez en cuando, se me revolvía un gusanillo…, pero nuestro hermano, un hombre solitario, vuelvo a repetirlo, al igual que no es capaz de entender lo que ocurre en su interior, tampoco lo es de lo que ocurre delante de él. Y, además, ¿acaso el amor es un sentimiento natural? El amor es una enfermedad, y no hay ley escrita para la enfermedad. Supongamos que a veces el corazón me oprimía con desagrado, pero es que todo en mí estaba del revés. Así que ¿cómo pretende que supiera qué iba bien y qué no, cuál era la causa, el significado de cada sensación por separado?

Sea como fuere, todos los malentendidos, presentimientos y esperanzas se resolvieron de la siguiente manera.

Una vez —era por la mañana, hacia las doce—, sin haber tenido tiempo ni de entrar a la antesala del señor Ozhoguin, una voz desconocida, sonora, me llegó desde la sala, la puerta se abrió y, acompañado del dueño, en el umbral apareció un hombre alto y apuesto, de unos veinticinco años, se cubrió rápidamente con el capote militar que estaba sobre un banco, se despidió afectuoso de Kirilla Matvéich,[5] rozó con descuido la gorra al pasar por mi lado y desapareció entre el tintineo de las espuelas.

—¿Quién es? —pregunté a Ozhoguin.

—El príncipe N* —me respondió con cara de preocupación—, lo han enviado de San Petersburgo, a buscar reclutas. Pero ¿dónde está la gente? —continuó enojado—. Nadie le ha ofrecido el capote.

Entramos en la sala.

—¿Hace mucho que ha venido? —pregunté.

—Dice que ayer por la tarde. Le he ofrecido una habitación aquí, pero la ha rechazado. Por lo demás parece un mozo muy agradable.

—¿Ha estado aquí mucho rato?

—Una hora. Me pidió que le presentara a Olimpiada Nikítichna.

—Y ¿se la ha presentado?

—Claro.

---

[5] Durante toda la obra la forma completa, normativa, del patronímico de este personaje (Matvéich) alterna libremente con la variante sincopada, coloquial (Matvéievich), algo habitual en la época.

—Y a Yelizaveta Kiríllovna…

—También se han conocido, claro.

Me quedé callado.

—Y ¿sabe si ha venido para muchos días?

—Pues creo que tiene que quedarse unas dos semanas y pico.

Y Kirilla Matvéich corrió a vestirse.

Yo di un par de vueltas por la sala. No recuerdo que la llegada del príncipe N* me causara entonces una impresión particular, excepto ese sentimiento hostil que normalmente se apodera de nosotros ante la aparición de una persona nueva en nuestro círculo familiar. Puede ser que a ese sentimiento se añadiera algo así como la envidia de un moscovita tímido e ignorante ante un brillante oficial petersburgués. «Un príncipe —pensé—, un ave de la capital, nos va a mirar desde arriba…». No lo había visto más de un minuto, pero me había dado tiempo a reparar en que era guapo, ágil y desenfadado. Después de haber andado un rato por la sala, al fin me paré delante del espejo, saqué un pequeño peine del bolsillo, le di a mi cabello un aire de descuido pintoresco y, como sucede a veces, de repente me enfrasqué en la contemplación de mi propio rostro. Recuerdo que mi atención estaba cuidadosamente centrada en la nariz, los contornos suaves y sin definir de este miembro no me causaban especial placer y, entonces, en el fondo oscuro del cristal inclinado que reflejaba casi toda la estancia, se abrió la puerta y mostró la figura esbelta de Liza. No sé por qué no me moví y mantuve en el rostro la expresión de antes. Liza estiró el cuello, me miró con atención y, con las cejas levantadas, mordiéndose los labios y conteniendo la respiración, como una persona contenta de no haber sido vista, retrocedió con cuidado y tiró despacito de la puerta. La puerta chirrió débilmente. Liza se estremeció y se quedó quieta, en el sitio. Yo seguía sin moverme… Ella volvió a agarrar el tirador y escapó. No había posibilidad de duda: la expresión en la cara de Liza al ver mi persona —esa expresión en la que no se percibía nada, excepto el deseo de volver por donde había venido, de evitar un encuentro indeseado—, el rápido brillo que llegué a captar en sus ojos cuando le pareció que iba a lograr escabullirse sin ser vista, todo eso lo decía demasiado claro: la joven no me quería. Durante mucho mucho tiempo no pude apartar la mirada de la puerta inmóvil, muda, que volvía a ser una mancha blanca en el fondo del espejo. Quise sonreír a mi propia figura estirada; agaché la cabeza, regresé a casa y me dejé caer en el diván. Me sentía increíblemente acongojado, tanto que no podía llorar…; además, ¿por qué iba a llorar?… «¿De veras? —repetía sin cesar echado boca arriba y con los brazos cruzados sobre el pecho, como un muerto—. ¿De veras?…». ¿Qué les parece ese *de veras*?

26 de marzo. Primer deshielo

Cuando al día siguiente, después de largas vacilaciones y muerto por dentro, entré en el conocido cuarto de estar de los Ozhoguin, yo ya no era la persona a la que habían conocido esas tres semanas. Todos mis hábitos de antes, a los que había empezado a desacostumbrarme bajo la influencia de un sentimiento nuevo para mí, volvieron a aparecer de repente y se adueñaron de mí, como unos señores que regresan a casa. La gente como yo se guía no tanto por hechos favorables cuanto por sus propias impresiones: yo, que ayer mismo soñaba con el éxtasis de un amor correspondido, ahora ya no tenía duda alguna sobre mi desgracia y estaba completamente desesperado, aunque ni yo mismo estaba en condiciones de hallar algún pretexto racional para mi desesperación. No podía tampoco sentir celos del príncipe N*, y no importa cuáles fueran sus virtudes, solo su aparición no bastaba para erradicar de golpe la disposición de Liza hacia mí… Pero ya basta, ¿es que existió esa disposición? Rememoré el pasado. «¿Y el paseo en el bosque? —me preguntaba a mí mismo—. ¿Y la expresión de su cara en el espejo? Pero —seguía yo— el paseo en el bosque, me parece que… ¡Ya está bien! ¡Qué ser tan insignificante soy!», exclamé al fin en voz alta. Esta era la clase de ideas a medio decir, a medio desarrollar que, regresando miles de veces, daban vueltas en mi cabeza como un torbellino monótono. Lo repito: regresé a casa de los Ozhoguin siendo la persona recelosa, desconfiada y tensa que era desde la infancia…

Encontré a toda la familia en el cuarto de estar; Bizmiónkov también estaba allí, sentado en un rincón. Todos estaban animados; Ozhoguin estaba especialmente radiante y ya desde la primera palabra me informó de que el príncipe N* había pasado en su casa toda la tarde anterior. Liza me saludó tranquila. «Bueno —me dije—, ahora comprendo por qué están tan animados». Confieso que esta segunda visita del príncipe me desconcertó. No me lo esperaba. Normalmente, nuestro hermano espera de todo en el mundo, excepto lo que debe ocurrir según el orden natural de las cosas. Me irrité y tomé el aspecto de una persona insultada pero magnánima; quería castigar a Liza por su disfavor, de lo que debía de concluirse que, con todo, yo no estaba completamente desesperado. Dicen que, en otros casos, si de verdad os quieren, es incluso beneficioso hacer sufrir un poco al ser adorado, pero en mi situación era extraordinariamente absurdo: Liza, de una forma muy inocente, no me prestó atención. Solo la vieja Ozhóguina reparó en mi silencio solemne y, solícita, se interesó por mi salud. Yo, claro está, le respondí con una sonrisa amarga que estaba completamente sano, gracias a Dios. Ozhoguin continuaba hablando largo y tendido sobre su invitado, pero al darse cuenta de que yo respondía sin ganas, se dirigía sobre todo a Bizmiónkov, quien lo escuchaba con gran atención, cuando de pronto entró alguien y anunció al príncipe N*. El anfitrión se puso en pie de un salto y corrió a su encuentro. Liza, a quien dirigí una mirada fija de águila, enrojeció de alegría y empezó a agitarse en la silla. El príncipe entró, bien perfumado, alegre, afectuoso…

Como no estoy componiendo un relato para un lector benevolente, sino que solo escribo por placer, pues no tengo por qué recurrir a los habituales artificios de los señores literatos. Diré ya mismo, sin más demora, que Liza se enamoró apasionadamente del príncipe desde el primer día, y que el príncipe la quiso, en parte por pasar el tiempo, en parte por su costumbre de ir cautivando los sentidos a las mujeres, pero también porque Liza era, la verdad, una criatura muy agradable. No tenía nada de sorprendente que los dos se quisieran. Es probable que él no esperara encontrar una perla así en una concha tan inmunda (hablo de la ciudad dejada de la mano de Dios que es O…), y hasta ese momento ella no había visto ni en sueños nada que se pareciera un poco a este aristócrata brillante, inteligente y seductor.

Tras las primeras palabras de bienvenida, Ozhoguin me presentó al príncipe, quien tuvo un trato muy cortés conmigo. En general era muy cortés con todos y, a pesar de la desproporcionada distancia que había entre él y nuestro ignorante círculo de provincias, supo no solo no avergonzar a nadie, sino incluso dar la impresión de que era nuestro igual y que solo era casualidad que viviera en San Petersburgo.

Esa primera tarde…, ¡ay, esa primera tarde! En los felices días de nuestra infancia los maestros nos contaban y nos ponían como ejemplo del límite de la resistencia valerosa a un joven lacedemonio que, habiendo robado y escondido bajo su clámide un zorrillo, sin decir ni pío dejó que se le comiera los menudos y, de este modo, prefirió la muerte a la vergüenza… No puedo encontrar una comparación mejor para expresar los inefables sufrimientos de esa tarde en que por primera vez vi al príncipe junto a Liza. Mi sonrisa continuamente tensa, la penosa observación atenta, mi silencio absurdo, el deseo angustioso e inútil de irme, es probable que todo eso fuera, a su manera, demasiado evidente. El zorrillo no era lo único que hurgaba en mis entrañas: los celos, la envidia, la sensación de ser insignificante y la cólera impotente me desgarraban. No pude por menos que reconocer que el príncipe era, en efecto, un joven muy amable… Lo devoraba con la mirada; la verdad es que creo que, al mirarlo, me olvidaba de pestañear. Él no conversaba solo con Liza, pero hablaba solamente para ella, claro. Acabé hastiándolo, seguro… Es probable que enseguida adivinara que se las tenía que ver con un enamorado excluido, pero por compasión, y también por la profunda convicción de que yo era completamente inofensivo, se dirigía a mí con excesiva suavidad. ¡Pueden imaginarse lo insultado que me sentí! Recuerdo que en el transcurso de la tarde intenté reparar mi culpa; yo (no se ría de mí, quien quiera que sea el que haya encontrado estas líneas, tanto más que este ha sido mi último sueño)…, yo, se lo juro, en medio de mis diversas tribulaciones, de pronto me figuré que Liza quería castigarme por mi frialdad altiva en mi primera visita, que estaba enfadada conmigo y que solo coqueteaba con el príncipe por despecho… Busqué el momento y con una sonrisa humilde pero tierna, me acerqué a ella y farfullé: «Es suficiente, perdóneme…»; por lo demás, no fue por miedo», y sin más ni más, sin esperar su respuesta, le di a mi rostro una expresión increíblemente viva y desenvuelta, esbocé una sonrisa forzada, estiré el brazo sobre la cabeza en dirección al techo (recuerdo que quería colocarme el pañuelo del cuello) e incluso me dispuse a girar sobre una pierna, como si deseara decir: «Todo ha terminado, estoy de buen humor, estemos todos de buen humor»; sin embargo, no lo hice, pues temía caerme a causa de una rigidez nada natural en las rodillas… Liza no lo entendió, me miró sorprendida, sonrió presurosa, como si deseara apartarse cuanto antes, y se acercó de nuevo al príncipe. Por muy ciego y sordo que estuviera, no pude por menos que reconocer que ella no estaba en absoluto enfadada o disgustada conmigo en ese momento, simplemente no pensaba en mí. El golpe fue definitivo: mis últimas esperanzas se habían derrumbado con un estruendo, igual que un témpano de hielo atravesado por el sol primaveral se deshace repentinamente en trozos menudos. Había sido derrotado en el primer embate y, como los prusianos en Jena, había perdido todo de golpe. No, ¡no estaba enfadada conmigo!…

¡Ay, al contrario! Ella misma —yo lo veía— estaba socavada por las olas. Como un arbolillo joven que, a medio camino de la ribera, se inclina ansioso sobre el torrente, dispuesto a entregarle para siempre el primer brote de su primavera y su vida entera. Quien haya tenido ocasión de ser testigo de una pasión similar, habrá soportado momentos amargos si amaba pero no era amado. Yo siempre recordaré esa atención devoradora, esa dulce alegría, esa abnegación ingenua, esa mirada todavía de niña y ya de mujer, esa sonrisa de felicidad que parecía florecer y que no abandonaba sus labios semiabiertos ni sus mejillas sonrojadas… Todo lo que Liza había presentido vagamente durante nuestro paseo en el bosque se había cumplido, y ella, entregada por entero al amor, al mismo tiempo se calmaba y se despejaba, como un vino joven que deja de fermentar porque ha llegado su momento…

Tuve el aguante de quedarme esta primera tarde y la siguiente…, ¡hasta el final! No podía esperar nada. Liza y el príncipe se tenían cada día más afecto… Pero yo había perdido definitivamente la dignidad y no podía apartar la vista de la representación de mi desdicha. Recuerdo que una vez intenté no ir, por la mañana me di palabra de honor de quedarme en casa, y a las ocho de la tarde (normalmente salía a las siete), salté como loco, me puse el gorro y, jadeando, llegué corriendo a la sala de Kirilla Matvéich. Mi situación era increíblemente absurda: guardaba un silencio obstinado, a veces no profería ni un sonido durante varios días. Como ya se ha dicho, nunca me distinguí por mi elocuencia, pero entonces todo lo que hubo en mi cabeza parecía volatilizarse en presencia del príncipe y me quedaba más mudo que niño en visita. Y además antes, a solas, obligaba a trabajar a mi infeliz cerebro, dando lentas vueltas a todo lo captado o advertido el día anterior, así que cuando llegaba a casa de los Ozhoguin apenas me quedaban fuerzas para observar. Se compadecían de mí como de un enfermo, podía verlo. Cada mañana tomaba una decisión nueva, definitiva, incubada durante la noche de insomnio, mayormente con dolor: bien me resolvía a aclarar la situación con Liza, a darle un consejo de amigo…, pero cuando me surgía la ocasión de estar con ella a solas, de pronto mi lengua dejaba de funcionar, como si estuviera congelada, y los dos esperábamos angustiados la aparición de una tercera persona; o bien quería huir para siempre, por supuesto, dejando a mi amada una carta llena de reproches, y una vez hasta empecé a escribir la carta, pero mi sentido de la justicia no había desaparecido completamente: comprendí que no tenía derecho a reprochar nada a nadie y arrojé al fuego mi esquela; otras veces me ofrecía generoso en sacrificio, bendecía a Liza en su amor dichoso y desde un rincón, dócil y amistoso, sonreía al príncipe. Pero los despiadados amantes no solo no me agradecían el sacrificio, sino que ni siquiera reparaban en él y, por lo visto, no necesitaban ni mis bendiciones ni mis sonrisas… Entonces yo, despechado, pasaba de improviso al estado de ánimo completamente opuesto. Me daba palabra de apuñalar tras una esquina, envuelto en una capa a semejanza de un español, a mi feliz rival y con alegría salvaje me imaginaba la desolación de Liza… Pero, en primer lugar, en la ciudad de O… esquinas así había bastante pocas y, en segundo lugar, estaban la cerca de madera, el farol, el vigilante a lo lejos… No, en una esquina así era más conveniente comerciar con roscas de pan que derramar sangre humana. Debo reconocer que entre otros medios para salvarme —me expresaba con mucha vaguedad al conversar conmigo mismo— se me ocurrió dirigirme al propio Ozhoguin…, llamar la atención de este noble sobre la peligrosa situación de su hija, sobre las tristes consecuencias de su falta de reflexión… Incluso una vez empecé a hablar con él de este asunto tan delicado, pero conduje la conversación con tanto recoveco y confusión que él me escuchaba, sí, me escuchaba, pero, de repente y como medio dormido, se restregó rápidamente la cara con la mano, sin piedad por su nariz, soltó un bufido y se apartó de mi lado. Ni que decir tiene que, al tomar esta decisión, me aseguraba a mí mismo que actuaba así por el mayor desinterés, que deseaba el bien común, que cumplía con mi obligación de amigo de la familia… Pero me atrevo a creer que, aun cuando Kirilla Matvéich no hubiera interrumpido mis desahogos, me habría faltado valor para terminar mi discurso. A veces, con la gravedad de un antiguo sabio, me ponía a sopesar las virtudes del príncipe, a veces me consolaba con la esperanza de que no había nada, de que Liza se daría cuenta de que su amor no era un amor de verdad…, ¡claro que no! Resumiendo, no sé de una idea a la que entonces no le diera vueltas. Solo hay un medio, lo reconozco sin reservas, que no me vino nunca a la cabeza, y es que ni una sola vez pensé en quitarme la vida. Por qué no se me ocurrió, eso no lo sé… Quizá entonces presintiera que, en realidad, no me quedaba mucha vida.

Se comprende que ante tantos hechos desfavorables, mi comportamiento, mis modales para con la gente se distinguieran más que nunca por su falta de naturalidad y por su tensión. Incluso la vieja Ozhóguina, ese ser limitado de nacimiento, empezó a rehuirme y a menudo no sabía cómo acercarse a mí. Bizmiónkov, siempre educado y servicial, me evitaba. Ya entonces me parecía que en él tenía a un compañero, que él también quería a Liza. Pero nunca respondió a mis alusiones y, en general, hablaba conmigo de mala gana. El príncipe le dispensaba un trato bastante afectuoso; podría decirse que el príncipe lo respetaba. Ni Bizmiónkov ni yo, ninguno de los dos molestábamos al príncipe y a Liza, pero él no se mantenía al margen como yo, no tenía mirada de lobo ni de víctima, y se unía de buena gana a ellos cuando se lo pedían. Cierto que en esos casos no se distinguía por una especial jocosidad; pero también antes su alegría había sido silenciosa.

De esta forma transcurrieron unas dos semanas. El príncipe no solo era apuesto e inteligente; tocaba el piano, cantaba, dibujaba bastante bien, sabía hablar. Sus anécdotas, extraídas de las altas esferas de la vida en la capital, siempre causaban una fuerte impresión en sus oyentes, tanto más cuanto que él parecía no darle ninguna importancia especial…

La consecuencia de esta, por decirlo así, sencilla treta del príncipe fue que en el transcurso de su breve estancia en O… fascinó sin duda a toda la sociedad del lugar. Fascinar a nuestro hermano estepario siempre es fácil para un hombre de las altas esferas. Las frecuentes visitas del príncipe a los Ozhoguin (pasaba todas las tardes en su casa) despertaron la envidia, por supuesto, de otros señores nobles y funcionarios; pero el príncipe, como hombre de mundo e inteligente que era, departió con todos ellos, visitó a todos, a todas las señoras y señoritas les dijo al menos una palabra afectuosa, permitió que lo alimentaran con pesados platos rebuscados y que le dieran de beber vinos malos con nombres magníficos; en resumen, se condujo magníficamente, con prudencia y habilidad. El príncipe N* era, en general, un hombre de carácter alegre, sociable, amable por disposición, y también por interés; ¿cómo si no iba a tener éxito intachable en todo?

Cuando él llegaba, todos en la casa descubrían que el tiempo volaba con increíble rapidez; todo iba bien; aunque fingía no darse cuenta de nada, probablemente el viejo Ozhoguin se frotaba las manos a escondidas ante la idea de tener un yerno así; el propio príncipe llevaba todo el asunto con mucha calma y decoro, cuando, de pronto, un suceso inesperado…

Hasta mañana. Hoy estoy cansado. Estos recuerdos me crispan incluso al borde de la tumba. Teréntievna ha descubierto hoy que mi nariz ya ha empezado a afilarse, y eso, dicen, es una mala señal.

27 de marzo. *Continúa el deshielo*

El asunto estaba en las condiciones antes expuestas; el príncipe y Liza se querían, los viejos Ozhoguin esperaban a ver qué pasaba; Bizmiónkov también estaba presente —de él no se podía decir ninguna otra cosa —; yo peleaba como un pez contra el hielo y observaba a más no poder —recuerdo que en esa época me puse como tarea al menos no permitir que Liza se hundiera en las redes de ese seductor y, como consecuencia, empecé a prestar especial atención a las doncellas y al fatídico porche *de atrás*, aunque, por otro lado, a veces soñaba noches enteras con la generosidad conmovedora con la que yo, pasado un tiempo, tendería mi mano a la víctima engañada y le diría: «Ese traidor te engañó, pero yo soy tu amigo fiel... ¡Olvidemos el pasado y seamos felices!»— cuando entonces por toda la ciudad se propagó una noticia alegre: el administrador de la provincia tenía intención de organizar, en honor del ilustre visitante, un gran baile en su hacienda en Gornostáievka, o puede que fuera Gubniakova. Todos los grados y las autoridades de la ciudad de O... recibieron una invitación, empezando por el regidor de la ciudad y acabando por el boticario, un alemán sumamente engreído y con fieras pretensiones de hablar un ruso correcto y, como consecuencia, utilizaba continuamente y siempre a destiempo expresiones fuertes como por ejemplo: «El diablo me lleve, hoy sí que *soy* hecho un mozo guapo...». Como es costumbre, se iniciaron los tremendos preparativos. Un comerciante de cosméticos vendió dieciséis tarros azul oscuro de pomada con la inscripción «à la jesminъ», con ese signo duro ruso al final. Las señoritas se construyeron vestidos ceñidos con corpiños dolorosos y un remate en pico a la altura de la tripa. Las madres edificaron sobre su cabeza unos adornos terribles a modo de cofia. Los padres, cansados de tanto ajetreo, se acostaban sin fuerzas para moverse... Al fin llegó el ansiado día. Yo estaba entre los invitados. Desde la ciudad hasta Gornostáievka había nueve verstas. Kirilla Matvéich me ofreció un sitio en su coche, pero yo lo rechacé... Así los niños castigados, cuando desean vengarse de sus padres, rechazan en la mesa sus platos preferidos. Por lo demás, sentía que mi presencia podía incomodar a Liza. Bizmiónkov me sustituyó. El príncipe fue en su carretela y yo en un *drozhki* malísimo alquilado por una gran cantidad de dinero para esta solemne ocasión. No voy a describir el baile. Todo allí fue como de ordinario: músicos con tubas increíblemente desafinadas en los coros, terratenientes aturdidos con sus inveteradas familias, helados lila, horchata de almendras viscosa, gente con botas destaconadas y guantes de punto de algodón, leones provincianos de rostro febrilmente descompuesto, etcétera, etcétera. Y todo ese pequeño mundo giraba alrededor de su sol, alrededor del príncipe. Perdido en la multitud, sin ser advertido siquiera por las señoritas de cuarenta y ocho años con granos en la frente y flores azules en la coronilla, yo miraba sin interrupción ya al príncipe, ya a Liza. Ella llevaba un vestido encantador y estaba muy guapa esa noche. Solo bailaron juntos dos veces (¡cierto que él bailó con ella la mazurca!), pero por lo menos a mí me pareció que entre ellos existía cierta comunicación secreta, ininterrumpida. Él, sin mirarla, sin hablar con ella, era como si se dirigiera a ella, solo a ella; estaba encantador, brillante y amable con los otros, pero solamente para ella. Y ella parecía sentirse la reina del baile, y querida: en su cara resplandecían al mismo tiempo alegría infantil, orgullo ingenuo e, inesperadamente, se iluminó con otro sentimiento, uno más profundo. Despedía felicidad… Yo podía percibirlo… No era la primera vez que me veía obligado a observarlos… Al principio me afligí muchísimo, después fue como si me hubieran atacado y, al fin, me enfurecí. De improviso me sentí realmente perverso y recuerdo que me alegré muchísimo ante esa nueva sensación e incluso sentí cierta reverencia por mí mismo. «Vamos a demostrarles que no estamos acabados», me dije. Cuando empezaron a sonar los primeros avisos para la mazurca, miré a mi alrededor con tranquilidad, frío y desenvuelto me acerqué a una señorita de cara alargada y nariz lustrosa, boca abierta de forma torpe, como si se le hubiera soltado un cierre, y cuello fibroso que recordaba al mango de un contrabajo, me acerqué a ella y la invité con un golpe seco de tacón. Llevaba un vestido rosa que parecía no haberse recuperado de una reciente enfermedad; sobre su cabeza temblaba una mosca desteñida, alicaída, en un muelle grueso de cobre, y además la joven estaba, si puede decirse así, impregnada de arriba abajo de agrio aburrimiento y de arraigada mala suerte. No se había movido del sitio desde que empezara la fiesta y nadie pensaba siquiera en invitarla. A falta de otra dama, un joven de dieciséis años y de pelo claro iba a dirigirse a ella y ya había dado un paso en su dirección, pero se lo pensó, echó un vistazo y se escondió veloz entre la multitud. ¡Pueden imaginarse con qué asombro dichoso accedió ella a mi invitación! Yo la llevé solemne por todo el salón, busqué dos sillas y me senté con ella en el círculo de la mazurca, con otras diez parejas, casi enfrente del príncipe, a quien le habían concedido el primer sitio, claro está. El príncipe, como ya se ha dicho, bailaba con Liza. Ni a mí ni a mi dama nos importunaron con invitaciones, así que tuvimos tiempo suficiente para conversar. A decir verdad, mi dama no se distinguía por su capacidad de pronunciar palabras en un discurso hilado, más bien utilizaba la boca para componer una extraña sonrisa baja, que hasta entonces no había visto, y encima alzaba los ojos, como si una fuerza invisible le estirara la cara; pero yo no necesitaba de su elocuencia. Pues me sentía perverso y mi dama no me hacía vacilar. Me lancé a criticar a todo y a todos, recurriendo sobre todo a los jovencitos de la capital y a los petimetres de San Petersburgo, y me desaté hasta el punto de que mi dama poco a poco fue dejando de sonreír y, en lugar de levantar los ojos, de pronto empezó —supongo que de sorpresa— a bizquear, además de una forma muy extraña, como si por primera vez se diera cuenta de que en su cara había una nariz; y mi vecino, uno de esos leones de los que se ha hablado antes, más de una vez me lanzó miradas e incluso se giró hacia mí con la expresión de un actor sobre el escenario que se espabila en un punto desconocido, como si quisiera decir: «¿Qué ocurre aquí?». Por lo demás, mientras mi pico de oro, como suele decirse, hablaba y hablaba, seguí observando al príncipe y a Liza. Los invitaban sin interrupción, pero yo sufría menos cuando bailaban los dos, incluso cuando estaban sentados juntos y, al hablar, se sonreían con esa sonrisa dulce que no quiere desaparecer de la cara de los amantes felices; incluso así yo no penaba tanto. Pero cuando Liza revoloteaba por el salón con algún pisaverde valentón y el príncipe, con el pañuelo de gasa azul de ella sobre las rodillas, la seguía con mirada soñadora, como admirando su conquista, entonces, ay, entonces yo sentía un tormento insoportable y, despechado, soltaba comentarios tan malintencionados que las pupilas de mi dama se apoyaban por completo a ambos lados de su nariz. Entre tanto, la mazurca llegaba a su fin… Empezaron a formar la figura llamada la confidente. En esta figura, una dama se sienta en el centro del círculo, elige a otra dama como confidente y le susurra al oído el nombre del señor con el que quiere bailar; su caballero le acerca a los bailarines de uno en uno, y la confidente los rechaza hasta que, al fin, aparece el afortunado. Liza se sentó en el centro y eligió a la hija del anfitrión, una muchacha de esas de las que se dice que «Dios está con ellas». El príncipe se puso a buscar al elegido. Habiendo ofrecido en vano a casi diez jóvenes (la hija del anfitrión rechazó a todos con una sonrisa encantadora), al fin se dirigió a mí. En ese instante me sucedió algo sorprendente: fue como si todo mi cuerpo titubeara y quise negarme; sin embargo, me levanté y eché a andar. El príncipe me condujo hasta Liza… Ella ni siquiera me miró; la hija del anfitrión meneó la cabeza, el príncipe se giró hacia mí y, puede que provocado por la expresión forzada de mi cara, me hizo una profunda reverencia. Ese saludo burlón, ese rechazo transmitido por mi triunfador rival, su sonrisa de desdén, la indiferencia apática de Liza, todo eso hizo que estallara… Me acerqué al príncipe y susurré furioso: «¿Me ha parecido que pretende burlarse de mí?».

El príncipe me miró con asombro y desprecio, volvió a tomarme del brazo y, haciendo que me acompañaba a mi sitio, respondió fríamente: «¿Yo?».

—¡Sí, usted! —yo seguí susurrando; sin embargo le obedecí, es decir, le seguí hasta mi sitio—. Usted. Pero no estoy dispuesto a permitir a cualquier advenedizo huero de Petersburgo…

El príncipe se sonrió tranquilo y burlón, casi con indulgencia, me estrechó la mano, susurró: «Le comprendo, pero este no es el lugar adecuado, ya hablaremos», se apartó de mi lado, se acercó a Bizmiónkov y lo acercó a Liza. El funcionario paliducho resultó ser el elegido. Liza se levantó a recibirlo.

Sentado junto a la dama de la mosca alicaída en la cabeza, me sentía casi un héroe. Mi corazón latía con fuerza, el pecho se me hinchaba con nobleza bajo la pechera almidonada, respiraba fuerte y rápido y, de pronto, miré con tanta grandeza al león de al lado, que este dio una patada involuntaria en mi dirección. Tras haber rematado a ese hombre, recorrí con la mirada el círculo de los danzantes… Me pareció que dos o tres señores me miraban perplejos, pero en general la conversación con el príncipe había pasado inadvertida… Mi rival ya había regresado a su silla y a la sonrisa de antes. Bizmiónkov había acompañado a Liza a su sitio. Ella se inclinó afectuosa y enseguida se dirigió al príncipe, creo que con cierta alarma, pero él respondió echándose a reír, agitó la mano con gracia y supongo que le dijo algo muy agradable, porque ella se ruborizó de placer, bajó los ojos y después volvió a fijarlos en él como riñéndole con ternura.

La inclinación heroica que había desarrollado repentinamente no desapareció hasta el final de la mazurca, pero ya no dije más sutilezas ni critiqué, solo a ratos lanzaba miradas hurañas y severas a mi dama, quien, por lo visto, había empezado a tenerme miedo, pues tartamudeaba muchísimo y pestañeaba sin cesar mientras la llevaba bajo la defensa natural de su madre, una mujer muy gruesa con una toca colorada en la cabeza… Tras entregar a la asustada muchacha a quien correspondía, me aparté a una ventana, crucé los brazos y empecé a esperar lo siguiente. Esperé bastante. El príncipe estaba siempre rodeado por el anfitrión, sí, precisamente rodeado, igual que Inglaterra está rodeada de mar, por no hablar ya de los demás miembros de la familia del administrador de la provincia y del resto de los invitados. Así que no podía acercarse a una persona tan insignificante como yo y empezar a hablar con ella sin despertar el asombro general. Creo recordar que esa insignificancia mía entonces hasta me alegró. «¡Estás hablando de más! —pensé al verlo hablar cortésmente ya con un ciudadano honorable, ya con otro, que habían logrado el honor de atraer su atención al menos un instante, como dicen los poetas—. Hablas de más, querido…, acabarás por acercarte, porque te he humillado». Por fin, el príncipe, librándose con destreza de sus admiradores, pasó por mi lado, echó un vistazo —puede que a la ventana, puede que a mi pelo—, fue a darse la vuelta, pero de pronto se detuvo, como si se hubiera acordado de algo.

—¡Ah, claro! —me dijo con una sonrisa—. Por cierto que tengo un asuntillo para usted.

Dos terratenientes, unos muy molestos que seguían con obstinación al príncipe, debieron de creer que ese asuntillo era oficial y se retiraron respetuosamente. El príncipe me tomó del brazo y me llevó aparte. Mi corazón se me salía del pecho.

—Usted, creo —empezó alargando el *usted* y mirándome al mentón con una expresión de desdén que, de una forma extraña, no le podía quedar mejor a su cara lozana y bonita—, usted me ha dicho una impertinencia.

—He dicho lo que pensaba —repliqué subiendo la voz.

—Chis…, más bajo —observó él—, la gente respetable no grita. ¿Puede que desee batirse conmigo?

—Eso es cosa suya —respondí yo, estirándome.

—Me voy a ver obligado a desafiarle —empezó a decir en tono despreocupado—, si no retira sus palabras…

—No estoy dispuesto a retirar nada —repliqué yo orgulloso.

—¿De veras? —inquirió él no sin una sonrisa burlona—. En ese caso —continuó tras un breve silencio—, tendré el honor de enviarle mañana a mi padrino.

—Muy bien, señor —dije con el tono más indiferente que pude.

El príncipe se inclinó ligeramente.

—No puedo prohibirle que me encuentre huero —añadió entornando los ojos, altivo—, pero el príncipe N* no puede ser un advenedizo. Hasta la vista, señor…, señor Shtukaturin.

Rápidamente me dio la espalda y volvió a acercarse al anfitrión, que ya empezaba a inquietarse.

¡Shtukaturin!… ¡Me llamo Chulkaturin!… No logré responderle nada a esa última ofensa y solo miré furioso cómo se iba. «Hasta mañana», murmuré y, con los labios apretados, me puse a buscar a un oficial conocido mío, el capitán ulano Koloberdiáiev, un juerguista empedernido y buena gente, le conté en pocas palabras mi discusión con el príncipe y le pedí que fuera mi padrino. Él, claro está, aceptó de inmediato, y yo me fui a casa.

No pude dormir en toda la noche, de nervios, no por cobardía. No soy un cobarde. Ni siquiera había pensado mucho en la inminente posibilidad de perder la vida, el bien supremo en la tierra, como afirman los alemanes. Yo solo pensaba en Liza, en mis esperanzas frustradas, en lo que debía hacer. «¿Debería intentar matar al príncipe? —me preguntaba y, claro, quería matarlo, no por venganza, sino porque deseaba el bien a Liza—. Pero no soportará un golpe así —continuaba—. No, será mejor que él me mate a mí». Reconozco que también me resultaba agradable pensar que yo, un ignorante hombre de provincias, había obligado a una persona tan importante a batirse conmigo.

La mañana me encontró reflexionando así, y tras la mañana apareció Koloberdiáiev.

—¿Y bien —preguntó, entrando en mi habitación dando un golpe—, dónde está el padrino del príncipe?

—Huy, qué cosas tiene… —respondí yo enojado—, solo son las siete de la mañana; seguro que el príncipe todavía está durmiendo.

—En ese caso —replicó el incansable capitán— ordene que me traigan un té. Desde la tarde de ayer tengo un dolor de cabeza… Y no me he quitado el abrigo. Aunque, la verdad —continuó con un bostezo—, no suelo quitármelo.

Le dieron el té. Se bebió seis vasos con ron, se fumó cuatro pipas, me contó que la víspera había comprado, casi regalado, un caballo que no quería un cochero y que tenía intención de domarlo atándole una pata delantera… y se quedó dormido en el diván, sin desvestirse y con la pipa en la boca. Me levanté y coloqué mis papeles. Iba a colocarme una notita con una invitación de Liza, la única nota que había recibido de ella, en el pecho, pero lo pensé un rato y la metí en un cajón. De vez en cuando, Koloberdiáiev roncaba suavemente con la cabeza caída en un cojín de piel… Recuerdo que pasé un buen rato contemplando su cara hirsuta, audaz, despreocupada y bondadosa. A las diez, mi criado informó de la llegada de Bizmiónkov, ¡el príncipe lo había elegido como padrino! Los dos despertamos al capitán, que dormía como un tronco. Este se incorporó, nos miró con ojos somnolientos, con voz ronca pidió vodka, se recobró y, tras una ligera inclinación para saludar a Bizmiónkov, se fue con él a otro cuarto para deliberar. La deliberación de los padrinos duró muy poco. Un cuarto de hora después, ambos entraban en mi dormitorio; Koloberdiáiev me anunció que «vamos a batirnos hoy mismo, a las tres, a pistolas». En silencio, incliné la cabeza en señal de acuerdo. Bizmiónkov se despidió sin más y se fue. Estaba algo pálido e interiormente inquieto, como hombre no acostumbrado a este tipo de asuntos, aunque, por otro lado, fue muy cortés y frío. Me sentí algo desconcertado en su presencia y no me atreví a mirarle a los ojos. Koloberdiáiev empezó a hablarme otra vez de su caballo. No era mi estilo de conversación. Temía que mencionara a Liza. Pero mi buen capitán no era chismoso y, sobre todo, despreciaba a todas las mujeres llamándolas, Dios sabrá por qué, lechugas. A las dos comimos algo y a las tres ya estábamos en el escenario, en el mismo bosquecillo de abedules por donde una vez paseara con Liza, a dos pasos del precipicio.

Llegamos los primeros. Pero el príncipe y Bizmiónkov no se hicieron esperar mucho. El príncipe estaba, sin exagerar, fresco como una rosa, sus ojos marrones miraban con extraordinaria hospitalidad bajo la visera de su gorra. Fumaba un cigarro de paja y, al ver a Koloberdiáiev, le estrechó la mano con afecto. Incluso a mí me saludó muy amablemente. Yo, por el contrario, me notaba pálido y mis manos temblaban ligeramente, lo que me enojó muchísimo…, tenía la garganta seca… Hasta ese momento, nunca antes me había batido en duelo. «¡Dios mío —pensaba—, con tal de que este burlón no tome mi inquietud por vacilación!». Mentalmente mandé todos mis nervios al infierno; pero cuando por fin miré a la cara al príncipe, aprecié en sus labios su sonrisa burlona casi imperceptible, de pronto volví a enfurecerme para volver a tranquilizarme después. Mientras, nuestros padrinos habían colocado las marcas, medido los pasos, cargado las pistolas. Koloberdiáiev había sido el más activo, Bizmiónkov había observado. El día era magnífico, no estaba peor que el día del inolvidable paseo. Como antes, el azul vivo del cielo se filtraba por el verde bañado en oro de las hojas. Su murmullo me irritaba, creo. El príncipe seguía fumándose el cigarro con un hombro apoyado en un tilo joven…

—Tengan a bien situarse; está preparado —dijo al fin Koloberdiáiev, entregándonos las pistolas.

El príncipe se alejó unos pasos y, girando la cabeza, me preguntó por encima del hombro: «¿Sigue sin retirar sus palabras?». Quise responderle, pero mi voz me traicionó y me contenté con un movimiento despectivo de mano. El príncipe volvió a sonreírse y se colocó en su sitio. Empezamos a acercarnos. Yo levanté la pistola, iba a apuntar al pecho de mi enemigo —en ese instante era justo mi enemigo—, pero de repente subí el cañón, como si alguien me hubiera empujado el codo, y disparé. El príncipe se tambaleó, se llevó la mano izquierda a la sien izquierda: un hilillo de sangre le empezó a correr por la mejilla bajo el guante blanco de ante. Bizmiónkov corrió hacia él.

—No es nada —dijo, quitándose la gorra agujereada—, si me ha dado en la cabeza y no me he caído, es que es un arañazo.

Con tranquilidad se sacó del bolsillo un pañuelo de batista y se lo pegó a los rizos mojados de sangre. Yo lo miraba pasmado y no me movía del sitio.

—¡Haga el favor de ir a la marca! —me indicó severo Koloberdiáiev.

Yo obedecí.

—¿El duelo prosigue? —añadió, dirigiéndose a Bizmiónkov.

Bizmiónkov no respondió, pero el príncipe, sin retirar el pañuelo de la herida y sin darse siquiera el gusto de hacerme sufrir en la marca, replicó sonriendo: «El duelo ha terminado», y disparó al aire. Por poco no me echo a llorar de despecho y rabia. Con su magnanimidad, ese hombre me había hundido definitivamente en el barro, me había causado la ruina. Quería rebelarme, quería exigir que me disparara, pero se acercó a mí y me tendió la mano.

—Porque ya todo está olvidado, ¿no es verdad? —dijo con afecto.

Miré su cara pálida, el pañuelo ensangrentado y, completamente aturdido, avergonzado y abatido, le estreché la mano…

—¡Señores! —añadió, dirigiéndose a los padrinos—. Espero que se mantenga en secreto.

—¡Desde luego! —exclamó Koloberdiáiev—. Pero, príncipe, permítame…

Y le tapó la cabeza.

Al irse, el príncipe volvió a hacerme una reverencia, pero Bizmiónkov ni me miró. Muerto, moralmente muerto, regresé a casa con Koloberdiáiev.

—Pero ¿qué le ocurre? —me preguntó mi padrino—. Tranquilícese, la herida no es grave. Mañana mismo estará bailando si así lo quiere. ¿O es que le da pena no haberlo matado? Si es por eso, ha sido en vano, él es un buen hombre.

—¿Por qué ha tenido que apiadarse de mí? —farfullé al fin.

—¡Anda con lo que sale!… —replicó mi padrino tan tranquilo—. ¡Ay, solo me faltaba un autor!

No sé por qué se le ocurrió llamarme autor.

Me niego en redondo a describir mis tormentos en la tarde que siguió al desafortunado duelo. Mi amor propio sufrió lo indecible. No eran los remordimientos lo que me torturaba: ser consciente de mi estupidez era lo que me destruía. «¡Yo, yo solo me he propinado el último golpe, el definitivo! —me repetía, dando pasos enfermizos por el cuarto—. El príncipe herido por mí y perdonándome…, sí, Liza ahora es suya. Ahora ya nada puede salvarla, mantenerla en el borde del precipicio».

Sabía muy bien que nuestro duelo no iba a mantenerse en secreto, a pesar de la palabra del príncipe; al menos no se mantendría en secreto para Liza. «El príncipe no es tan tonto —susurraba furioso— como para no aprovecharlo…». Estaba equivocado: toda la ciudad se enteró del duelo y de su verdadera causa, al día siguiente, claro, y no fue el príncipe a quien se le escapó la lengua; por el contrario, cuando apareció ante Liza con la cabeza vendada y una excusa preparada de antemano, ella ya sabía todo… Si me entregó Bizmiónkov o si la noticia le llegó por otros medios, eso no lo puedo decir. Claro que ¿acaso es posible ocultar algo en una ciudad pequeña? Bien pueden imaginarse cómo lo recibió Liza, ¡cómo lo recibieron todos los Ozhoguin! En cuanto a mí, de golpe me convertí en objeto de indignación general, de aversión, en un monstruo, en un bárbaro celoso y en un ogro. Mis pocos conocidos renegaron de mí como de un leproso. Las autoridades municipales enseguida acudieron al príncipe con la propuesta de castigarme ejemplar y rigurosamente. Solo los insistentes y constantes ruegos del príncipe alejaron la desgracia que amenazaba mi cabeza. Ese hombre estaba predestinado a destruirme por todos los medios. Me remató con su magnanimidad, como si fuera la tapa de un ataúd. Ni que decir tiene que la casa de los Ozhoguin se cerró de inmediato para mí. Kirilla Matvéich hasta me devolvió un lápiz que me había dejado olvidado en su casa. Siendo justos, precisamente él no tendría que haberse enfadado conmigo. Mis celos bárbaros, como los llamaban en la ciudad, habían definido, aclarado por así decirlo, la relación del príncipe con Liza. Tanto los viejos Ozhoguin como el resto de los habitantes empezaron a mirarlo casi como a un novio. En realidad, esto no debía de ser muy agradable para él, pero Liza le gustaba mucho; además, todavía no había logrado sus objetivos… Con toda la soltura de un hombre inteligente y de mundo, se adaptó a su nueva situación, como suele decirse, enseguida se hizo con el espíritu de su nuevo papel.

¡Pero yo!… Yo a mi cuenta, a cuenta de mi futuro destino, renuncié. Cuando los sufrimientos llegan a ese punto en que hacen chirriar y gemir a nuestro interior como si fueran una telega sobrecargada, deberían dejar de ser ridículos… ¡Pero no! La risa no solo acompaña a las lágrimas hasta el final, hasta el agotamiento, hasta la imposibilidad de seguir derramándolas, ¡no! Ella aún tintinea y resuena allí donde la lengua enmudece y la queja misma se apaga… Y por eso, en primer lugar porque no tengo intención de parecer ridículo, ni siquiera a mí mismo, y en segundo, porque estoy terriblemente cansado, por eso dejo para el próximo día la continuación y, si Dios quiere, el final de mi relato…

29 de marzo. Ligera helada; ayer deshielo

Ayer no tuve fuerzas para continuar el diario: yo, como Poprischin,[6] pasé la mayor parte del tiempo en cama y charlando con Teréntievna. ¡Menuda mujer! Hace sesenta años perdió a su primer novio a causa de la peste, ha sobrevivido a todos sus hijos, es irremisiblemente vieja, bebe todo el té que quiere, está bien alimentada, tiene ropa de abrigo. Y ¿de qué creen que me estuvo hablando todo el día de ayer? Ordené que dieran el cuello de una librea vieja y medio devorada por las polillas a una vieja completamente desplumada para que lo usara de chaleco (lleva baberos a modo de chaleco)… Y que por qué no se lo había dado a ella. «Porque me parece que yo soy su niñera… Ay, ay, mi bátiushka, no está bien eso que ha hecho… ¿O es que yo no le he cuidado nada de nada?» y otras cosas similares. La vieja despiadada me deja realmente molido con tanto reproche… Pero volvamos al relato.

En fin, yo sufría como un perro al que una rueda le hubiera aplastado los cuartos traseros. Solo entonces, solo tras mi expulsión de la casa de los Ozhoguin, supe definitivamente cuánto placer puede extraer un hombre contemplando su propia desgracia. ¡Ay, humanos! Qué especie tan lamentable, sí… Bueno, dejemos a un lado las observaciones filosóficas… Pasé días en la más

---

[6] Personaje principal de la novela corta de Nikolái V. Gógol *Apuntes de un loco.*

completa soledad y solamente por vías indirectas, incluso sórdidas, pude averiguar qué sucedía en casa de los Ozhoguin, qué hacía el príncipe: mi criado entabló amistad con la tía segunda de la mujer de su cochero. Esta relación me supuso cierto alivio y enseguida mi criado pudo intuir, en función de mis alusiones y de mis regalos, sobre qué tenía que hablar con su señor mientras le ayudaba a quitarse las botas por la tarde. Alguna vez se dio el caso de encontrarme en la calle con alguno de los Ozhoguin, con Bizmiónkov, con el príncipe… Al príncipe y a Bizmiónkov los saludaba con una ligera inclinación, pero no entablaba conversación alguna. A Liza solo la vi tres veces: una estaba con su madre en una tienda de moda, otra en un coche abierto con su padre, su madre y el príncipe, y la otra en la iglesia. Como comprenderán, no osé acercarme a ella y solo la observé de lejos. En la tienda estaba preocupada pero alegre… Había encargado algo y se afanaba en probarse cintas. Su madre la miraba con los brazos cruzados sobre la tripa, la nariz levantada y esbozando esa sonrisa boba y fiel que se le permite solo a las madres amorosas. En el coche, con el príncipe Liza estaba… ¡Nunca olvidaré ese encuentro! Los viejos Ozhoguin se habían sentado en los asientos de atrás del coche, el príncipe y Liza en la parte delantera. Ella estaba más pálida de lo habitual; en sus mejillas apenas si se divisaban dos rayitas rosadas. Tenía medio cuerpo girado hacia el príncipe; con la cabeza apoyada en la mano derecha, estirada (en la izquierda llevaba la sombrilla), e inclinada con languidez, lo miraba a la cara con ojos significativos. En ese momento, ella se estaba entregando por entero, tenía una confianza inquebrantable en él. No me dio tiempo a ver bien la cara de él —el coche pasó demasiado rápido—, pero me pareció que estaba profundamente emocionado. La tercera vez la vi en la iglesia. No habían pasado más de diez días desde ese en que la viera en el coche con el príncipe, o más de tres semanas desde el día del duelo. El asunto por el que el príncipe había venido a O… ya había concluido, pero él no hacía sino demorar su partida: hizo saber en San Petersburgo que estaba enfermo. En la ciudad, todos los días se esperaba de él una propuesta formal a Kirilla Matvéich. Yo mismo solamente esperaba ese último golpe para alejarme para siempre. La ciudad de O… me repugnaba. No podía quedarme en casa y de la mañana a la noche deambulaba por las afueras. Un día gris, encapotado, al regresar de un paseo interrumpido por la lluvia, entré un momento en la iglesia. El servicio vespertino acababa de empezar, había muy poca gente; eché un vistazo alrededor y, de pronto, vi el conocido perfil junto a una ventana. Al principio no la reconocí, esa cara pálida, esa mirada apagada, esas mejillas hundidas, ¿de veras era la Liza que yo había visto dos semanas atrás? Envuelta en una capa, sin gorrito, iluminada lateralmente por un rayo frío que le caía desde la ventana amplia y blanca, miraba inmóvil al iconostasio y, al parecer, se esforzaba en rezar, se esforzaba en salir de una estupefacción triste. Un criado joven, rollizo y de mejillas coloradas, con balas amarillas en el pecho, estaba detrás de ella y miraba a su señora perplejo y somnoliento. Todo mi cuerpo se estremeció, quise acercarme a ella, pero me detuve. Un doloroso presentimiento me oprimió el pecho. Liza no se movió hasta el final de las vísperas. Toda la gente había salido, el salmista había empezado a barrer la iglesia, y ella seguía sin moverse de su sitio. El mozo se le acercó, le dijo algo, le rozó el vestido; ella miró a su alrededor, se pasó la mano por la cara y se fue. Desde lejos, yo la acompañé hasta casa y regresé a la mía.

«¡Está perdida!», exclamé al entrar en mi cuarto.

Como hombre honrado, todavía hoy no sé qué clase de sensaciones tenía entonces; recuerdo que me dejé caer en el diván con los brazos cruzados y que fijé la vista en el suelo; pero no lo sé, en medio de la angustia puede que estuviera algo contento… Por nada del mundo lo reconocería si no fuera porque escribo para mí… Seguro que me atormentaban presentimientos dolorosos, terribles… y ¿quién sabe?, puede que me hubiera quedado desconcertado si no se hubieran cumplido. «¡Así es el corazón del hombre!», habría exclamado ahora con voz expresiva algún maestro ruso de mediana edad, levantado el dedo índice, grueso y engalanado con una sortija de cornalina. Pero ¿qué nos importa a nosotros la opinión de un maestro ruso de voz expresiva y cornalina en un dedo?

Sea como fuere, mis presentimientos resultaron fundados. De improviso, por la ciudad se extendió la nueva de que el príncipe se había ido, al parecer, a consecuencia de una orden recibida desde San Petersburgo, y que se había ido sin hacer ninguna proposición ni a Kirilla Matvéich ni a su mujer, y que a Liza solo le quedaba llorar esa perfidia hasta el fin de sus días. La partida del príncipe fue totalmente inesperada, porque todavía la víspera su cochero, según afirmaba mi criado, no sospechaba lo más mínimo las intenciones de su señor. La noticia me subió la fiebre a la cabeza; de inmediato me vestí e iba a salir corriendo a casa de los Ozhoguin, pero, tras reflexionar el asunto, estimé conveniente esperar al día siguiente. Además, no perdí nada quedándome en casa. Esa misma tarde pasó a verme un tal Pandopipopulo, un viajero griego que, de manera fortuita, había acabado varado en O…, un chismoso de gran calibre y quien más había hervido de indignación contra mí a causa del duelo con el príncipe. Sin siquiera dar tiempo a mi criado para que lo anunciara, irrumpió en mi cuarto, me estrechó con fuerza la mano, se disculpó miles de veces, me nombró ejemplo de magnanimidad y valentía, describió al príncipe con las pinturas más negras, no se compadeció de los viejos Ozhoguin, pues, en su opinión, se merecían ese castigo del destino; de paso insultó a Liza y se fue a todo correr, después de haberme besado en el hombro. Entre tanto, supe por él que el príncipe, *en vrai grand seigneur,* la víspera dc su partida, ante la delicada alusión de Kirilla Matvéich respondió con frialdad que no tenía intención de engañar a nadie y que no pensaba casarse, se levantó, se despidió y desapareció…

Al día siguiente me dirigí a ver a los Ozhoguin. Al verme, el lacayo cegato se levantó del banco a la velocidad del rayo; ordené que me anunciara; el lacayo salió corriendo y volvió enseguida: Haga el favor, dijo, me dicen que le invite. Entré en el despacho de Kirilla Matvéich… Hasta mañana.

30 de marzo. Mucho frío

Y así, entré en el despacho de Kirilla Matvéich. Pagaría muchísimo al que ahora pudiera enseñarme mi propia cara en el momento en que ese honorable funcionario, tras cruzarse apresurado la bata de Bujará, se me acercó con los brazos abiertos. Con toda probabilidad, yo exhalaba solemnidad sincera, interés indulgente y magnanimidad sin límites… Me sentía una especie de Escipión el Africano. Ozhoguin estaba, a todas luces, desconcertado y pesaroso, evitaba mi mirada, no paraba quieto. Yo también reparé en que hablaba artificialmente alto y, en general, se expresaba con bastante confusión; confusamente pero con fervor me pidió perdón, confusamente mencionó al huésped que se había marchado, añadió varias observaciones comunes e imprecisas sobre lo ilusorio y la inconstancia de los bienes terrenales y, de pronto, al sentir que tenía lágrimas en los ojos, se apresuró a aspirar tabaco, imagino que para engañarme con la causa que le había llevado a echarse a llorar… Usaba tabaco verde ruso, y es sabido que esta planta incluso a los mayores hace verter lágrimas, y entre ellas el ojo humano ofrece por unos instantes una mirada vacía y absurda. Yo, claro está, fui muy atento en el trato con el viejo, le pregunté por la salud de su mujer y de su hija e inmediatamente llevé la conversación a la interesante cuestión de la agricultura de rotación. Vestía de la forma habitual, pero el sentimiento de cariñoso decoro y de dulce indulgencia que me colmaba me sumió en una sensación festiva y fresca, igual que si llevara puestos corbata y chaleco blancos. Solo me alarmaba una cosa: la idea de ver a Liza… Al final fue el propio Ozhoguin quien propuso llevarme a ver a su esposa. Esta mujer, buena pero tonta, primero se desconcertó muchísimo al verme; pero su cerebro no era capaz de mantener durante mucho tiempo una única impresión, así que se tranquilizó enseguida. Por fin vi a Liza… Ella entró en el cuarto…

Esperaba encontrar en ella a una pecadora avergonzada, arrepentida, y ya de antemano había provisto a mi rostro de la expresión más afectuosa, confortante… ¿Para qué mentir? Yo en verdad la quería y ansiaba la felicidad de perdonarla, de tenderle mi mano; pero, para mi indecible sorpresa, en respuesta a mi considerable reverencia, ella se echó a reír con frialdad, observó con desdén: «Ah, es usted», y enseguida se apartó de mí. Cierto que su risa me pareció forzada y, en cualquier caso, no encajaba con su cara extremadamente delgada…; aun así, yo no esperaba un recibimiento así… La miré asombrado…, ¡vaya cambio se había dado en ella! Entre la niña de antes y esa mujer no había nada en común. Es como si hubiera crecido, se hubiera estirado, todos los rasgos de su cara, sobre todo los labios, parecían haberse definido…, su mirada se había vuelto más profunda, más dura y oscura. Me quedé en casa de los Ozhoguin hasta la hora de comer; ella se levantaba, salía del cuarto y regresaba, respondía tranquila a las preguntas y no me prestaba atención a propósito. Ella, pude verlo, ella lo que quería era hacerme sentir que yo no me merecía ni siquiera su ira, aunque había estado a punto de matar a su amor. Acabé perdiendo la paciencia, una alusión envenenada se escapó de mis labios… Ella se estremeció, me lanzó una mirada rápida, se levantó y, acercándose a la ventana, dijo con voz suave y temblorosa: «Puede decir todo lo que quiera, pero ha de saber que yo quiero a ese hombre y siempre voy a hacerlo, y en absoluto lo considero culpable ante mí, al contrario…». Empezó a subir la voz, se paró…, quiso sobreponerse, pero no pudo, se anegó en lágrimas y salió del cuarto… Los Ozhoguin se quedaron turbados… Les di la mano a los dos, suspiré, alcé la vista al cielo y me retiré.

Estoy demasiado débil, me queda muy poco tiempo, no estoy en condiciones de describir con los detalles de antes esta nueva serie de penosas consideraciones, de sólidas intenciones y demás frutos de la denominada lucha interior que surgieron en mí después de la reanudación de mi amistad con los Ozhoguin. Yo no dudaba de que Liza todavía quería e iba a querer durante mucho tiempo al príncipe…; sin embargo, como hombre apaciguado por las circunstancias y resignado, ni siquiera soñaba con su amor, yo solo deseaba su amistad, deseaba ganarme su confianza, su estima, considerada el pilar más fiel de la felicidad en el matrimonio, según asegura gente con experiencia… Por desgracia, pasé por alto una circunstancia bastante importante, y era precisamente que Liza empezó a odiarme el mismo día del duelo. Lo averigüé demasiado tarde. Empecé a visitar como antes la casa de los Ozhoguin. Kirilla Matvéich me adulaba y mimaba más que nunca. Incluso tengo razones para pensar que en esa época me hubiera entregado encantado a su hija, a pesar de que yo era un novio poco envidiable: la opinión general perseguía a Liza y a él, mientras que a mí, por el contrario, me ponían por las nubes. El trato de Liza para conmigo no cambió: la mayor parte del tiempo se quedaba callada, obedecía cuando le pedían que comiera, no daba ninguna muestra externa de aflicción, pero, con todo, se consumía como una vela. Hay que hacer justicia a Kirilla Matvéich: se compadecía de ella de todas las formas posibles; la vieja Ozhóguina solo erizaba las plumas al ver a su pobre criatura. Solo había una persona a la que Liza no evitaba, aunque tampoco hablara mucho con él, y era precisamente Bizmiónkov. Los viejos Ozhoguin se dirigían a él con dureza, incluso con grosería —no podían perdonarle que hubiera sido su padrino—, pero él continuó yendo a la casa como si no notara ese disfavor. Conmigo era muy frío y —¡cosa extraña!— creo que yo le tenía miedo. Y así seguimos unas dos semanas. Finalmente yo, después de una noche de insomnio, decidí aclarar las cosas con Liza, desnudar mi corazón, decirle que, a pesar del pasado, a pesar de los cuentos y habladurías de todo tipo, yo me tendría por muy feliz si ella me honrara con su mano, si me devolviera su confianza. En verdad, yo en serio creía que era, como dice la crestomatía, un ejemplo indescriptible de magnanimidad y que ella accedería de pura admiración. En cualquier caso, quería explicarme y salir por fin de la incertidumbre.

Detrás de la casa de los Ozhoguin había un jardín bastante grande que acababa en un pequeño bosque de tilos, abandonado y cubierto de hierba. En el centro de ese bosquecillo se levantaba un viejo cenador al estilo chino; una cerca de madera separaba el jardín de la zona de paso. A veces, Liza paseaba horas y horas a solas por ese jardín. Kirilla Matvéich lo sabía y prohibió que se la molestara, que se fuera tras ella: dejad que la pena se agote, decía. Cuando no la encontraban en la casa, bastaba con hacer sonar una campanita en el porche antes de comer y ella aparecía enseguida, siempre con su obstinado silencio en los labios y en la mirada, y con alguna hojita arrugada en las manos. Así que una vez, al ver que no estaba en casa, hice como que me iba, me despedí de Kirilla Matvéich, me puse el sombrero y salí de la antesala al patio y del patio a la calle, pero de inmediato, con una rapidez increíble, me metí de nuevo por el portalón y, atravesando la cocina, me colé en el jardín. Por suerte, nadie me vio. Sin pensar mucho, entré en el bosquecillo a paso ligero. Delante de mí, en el sendero, estaba Liza. Mi corazón empezó a latir con fuerza. Me paré, tomé aire y ya me iba a acercar a ella cuando, de pronto, sin volverse, ella levantó un brazo y aguzó el oído… De entre los árboles, en la dirección del paso, se oyeron dos golpecitos, como si alguien llamara a la cerca. Liza dio una palmada, se oyó el débil chirrido de la cancela y Bizmiónkov salió de la espesura. Corrí a ocultarme tras un árbol. Liza se giró en silencio hacia él… También en silencio, él la tomó del brazo y los dos echaron a andar por el sendero. Asombrado, los seguí con la mirada. Ellos se pararon, miraron a su alrededor, desaparecieron tras los arbustos, volvieron a aparecer y, finalmente, entraron en el cenador. Era una construcción circular minúscula, con una puerta y una ventana pequeñita; en el centro se divisaba una mesa vieja con una pata y cubierta de musgo verde diminuto, tenía a cada lado un pequeño diván de tablas descolorido, ligeramente separado de las paredes húmedas y oscurecidas. Aquí se tomaba el té en los días de mucho calor, una vez al año quizá, y en otros tiempos. La puerta no se cerraba, el marco de la ventana se había salido hacía mucho y colgaba tristón, enganchado solo por una esquina, como el ala rota de un pájaro. Me acerqué a hurtadillas al cenador y, con cuidado, eché un vistazo por la rendija de la ventana. Liza estaba sentada en uno de los divanes con la cabeza gacha, su mano derecha descansaba en las rodillas, la izquierda la sujetaba Bizmiónkov con ambas manos. Él la miraba con interés.

—¿Cómo se siente hoy? —preguntó él a media voz.

—Igual —respondió ella—, ni peor ni mejor. El vacío, ¡el terrible vacío! —añadió, alzando la vista, abatida.

Bizmiónkov no respondió.

—¿Qué cree usted —siguió ella—, volverá a escribirme?

—No creo, Lizaveta Kiríllovna.

Ella calló.

—En realidad, ¿qué me iba a contar? Ya me lo dijo todo en su primera carta. Yo no podía ser su mujer, pero fui feliz… poco tiempo…, fui feliz.

Bizmiónkov bajó la mirada.

—Ah —siguió hablando, animada—, si usted supiera cuánto me repugna ese Chulkaturin… Siempre me parece que en sus manos veo… la sangre de él. (Me crispé tras mi rendija). Por cierto —añadió pensativa—, ¿quién sabe?, puede que sin el duelo… Ay, en cuanto lo vi herido, supe que era suya.

—Chulkaturin la quiere —indicó Bizmiónkov.

—Y ¿qué? ¿Acaso necesito el amor de alguien?… —Se interrumpió y añadió despacio—: Excepto el de usted. Sí, amigo mío, su amor es indispensable para mí, sin usted yo estaría perdida. Me ha ayudado a superar esos terribles momentos…

Calló… Bizmiónkov empezó a acariciarle la mano con la delicadeza de un padre.

—Qué hacer, qué podemos hacer, Lizaveta Kiríllovna… —repitió él varias veces seguidas.

—Y ahora —dijo ella con voz empañada—, creo que, de no ser por usted, habría muerto. Usted es el único que me apoya, además me recuerda a él… Porque lo sabe todo. ¿Recuerda lo guapo que estaba ese día?… Pero perdóneme, seguro que es duro para usted…

—¡Qué dice! Hable usted, hable, Dios la guarde —interrumpió Bizmiónkov.

Ella le estrechó la mano.

—Es usted muy bueno, Bizmiónkov, es usted bueno como un ángel. ¡Qué le voy a hacer! Siento que voy a querer a ese hombre hasta la tumba. Le he perdonado, y le estoy agradecida. ¡Quiera Dios que encuentre la felicidad! Y que encuentre una mujer que sea de su agrado. —Sus ojos se llenaron de lágrimas—. Con tal de que no me olvide, con tal de que se acuerde alguna vez de su Liza… Salgamos de aquí —añadió después de un breve silencio.

Bizmiónkov acercó la mano de ella a sus labios.

—Ya lo sé —se encendió ella—, ahora todos me culpan, todos me arrojan piedras. ¡Que lo hagan! Aun así, yo no cambiaría mi desgracia por su felicidad… ¡No, no!… Me habrá querido poco tiempo, ¡pero lo hizo! Y nunca me mintió, no me dijo que sería su mujer, y yo nunca pensé en ello. Solo mi pobre padre lo esperaba. Y ahora soy desgraciada, me quedan los recuerdos y, por muy terribles que sean, las consecuencias… Me ahogo aquí…, fue aquí donde nos vimos por última vez… Vamos a tomar el aire.

Se levantaron. Apenas tuve tiempo de apartarme y esconderme detrás de un tilo grueso. Ellos salieron del cenador y, por lo que pude juzgar por el ruido de sus pasos, se fueron a la arboleda. No sé cuánto tiempo me quedé allí, sin moverme del sitio, sumido en una perplejidad absurda, hasta que volvieron a oírse pasos. Me recobré y me asomé con cuidado desde mi escondite. Bizmiónkov y Liza regresaban por el sendero. Ambos estaban muy emocionados, sobre todo Bizmiónkov. Creo que lloraba. Liza se paró, lo miró y dijo claramente las siguientes palabras: «De acuerdo, Bizmiónkov. No lo aceptaría si usted solo quisiera salvarme, sacarme de esta terrible situación. Pero usted me quiere, lo sabe todo y me quiere, nunca encontraré un amigo más leal, más fiel. Me casaré con usted».

Bizmiónkov le besó la mano, ella le sonrió abatida y se fue a casa. Bizmiónkov se metió en la arboleda y yo, pues yo regresé a mi casa. Puesto que muy probablemente Bizmiónkov le había dicho a Liza justo lo que yo tenía intención de decirle, y puesto que Liza le había respondido justo lo que yo deseaba oír de ella, ya no había nada por lo que preocuparme. Dos semanas más tarde, ella se casó con él. Los viejos Ozhoguin se contentaban con cualquier novio.

Bueno, y ahora díganme: ¿soy o no un hombre superfluo? ¿He jugado o no el papel de hombre superfluo en toda esta historia? El papel del príncipe…, no hay nada que decir al respecto; el papel de Bizmiónkov también está claro… Pero ¿yo? ¿Para qué me inmiscuí en todo esto?… ¡La quinta rueda de la telega!… ¡Ay, qué amargura, qué amargura!… En fin, como dicen los sirgadores: «Un poquito más, y otra vez», un día más y otro y ya no sentiré amargura, ni dulzor.

31 de marzo

Estoy mal. Escribo estas líneas en la cama. Desde ayer, el tiempo ha cambiado de golpe. Hoy hace calor, es casi un día de verano. Todo se derrite, se cae, gotea. El aire huele a tierra excavada, un olor pesado, fuerte, sofocante. El vapor se levanta por todas partes. El sol golpea tanto, me hace tanto daño… Me siento mal. Siento que me descompongo.

Yo quería escribir un diario y, en lugar de eso, ¿qué he hecho? He contado un único suceso de mi vida. Hablé de más, los recuerdos dormidos se despertaron y me arrastraron. He escrito sin prisas, detalladamente, como si tuviera años por delante; y ahora no hay tiempo para seguir. La muerte, la muerte viene. Ya puedo oír su temible *crescendo*… ¡Es la hora!… ¡Es la hora!…

Aunque ¿por qué preocuparse? ¿Es que no daba igual de qué escribiera? Ante la visión de la muerte desaparecen las últimas vanidades terrenales. Siento que me calmo, me vuelvo más sencillo, más claro. ¡Un poco tarde para volverse juicioso!… Qué extraño, me calmo, es cierto, pero al mismo tiempo… tengo miedo. Sí, tengo miedo. Medio inclinado sobre un abismo abierto, mudo, tiemblo, me voy girando, con atención ávida contemplo todo lo que me rodea. Cada objeto me es doblemente querido. No voy a entretenerme en mi pobre y aburrido cuarto, ¡me despido de cada mancha en la pared! ¡Hartaos una última vez, ojos míos! La vida se aleja, regular y tranquilamente se va apartando de mí, igual que la orilla se aleja en la mirada de los hombres de mar. El rostro viejo, amarillo, de mi niñera, cubierto con un pañuelo oscuro, el samovar silbando en la mesa, el tiesto con geranios en la ventana y tú, mi pobre perro Trezor, la pluma con la que escribo estas líneas, mi propia mano, yo os veo ahora…, ahí estáis, ahí… ¿De veras…, quizá hoy… ya no os vea nunca más? ¡Cuánto le cuesta a un ser vivo despedirse de la vida! ¿Qué haces aquí mimándome, pobre perro? ¿Por qué apoyas el pecho en la cama, y levantas febrilmente tu rabo corto, sin apartar de mí tus ojos buenos, tristones? ¿O es que te doy pena? ¿Es que ya sientes que tu dueño enseguida dejará de existir? ¡Ay, si pudiera atravesar con el pensamiento todos mis recuerdos, igual que recorro con la vista todos los objetos de mi habitación…! Sé que esos recuerdos son tristes e insignificantes, pero no tengo otros. El vacío, ¡el terrible vacío!, como dijera Liza.

¡Dios mío, Dios mío! Me estoy muriendo… El corazón, apto y dispuesto a amar, pronto dejará de latir… ¿De veras se apagará para siempre sin haber conocido ni una sola vez la felicidad, sin haberse ensanchado ni una sola vez bajo la dulce carga de la alegría? ¡Ay! No puede ser, no puede ser, lo sé… Si al menos ahora, antes de morir —pues la muerte es algo sagrado a pesar de todo, eleva a cualquier criatura—, si una voz amable, triste, amistosa, me cantara una canción de despedida, una canción sobre mi propia pena, quizá pudiera reconciliarme con ella. Pero morir es irremediable, es absurdo…

Me parece que empiezo a delirar.

¡Adiós, vida, adiós, jardín mío, y también a vosotros, tilos! Cuando llegue el verano, no vayáis a olvidaros de cubriros de flores de arriba abajo… Y que la gente se recueste bajo vuestra olorosa sombra, en la hierba fresca, bajo el rumor balbuciente de vuestras hojas molestadas por el viento. ¡Adiós, adiós! ¡Me despido de todos para siempre!

¡Adiós, Liza! He escrito estas dos palabras y casi rompo a reír. La exclamación me ha parecido de libro. Como si estuviera escribiendo un relato sentimental o terminando una carta desesperada…

Mañana es 1 de abril. ¿De veras voy a morir mañana? No parece muy conveniente. Claro que es propio de mí…

¡Cómo se atropellaba hoy el doctor al hablar!…

1 de abril

Ha terminado… La vida ha terminado. Ya es seguro que moriré hoy. En la calle hace calor…, casi bochorno…, ¿o es mi pecho que ya se niega a respirar? Mi pequeña comedia ya ha sido interpretada. El telón baja.

Al destruirme, dejo de ser superfluo…

¡Oh, cómo brilla el sol! Esos poderosos rayos respiran eternidad…

¡Adiós, Teréntievna!… Esta mañana, sentada junto a la ventana, ha llorado un poquito…, puede que por mí… o puede que porque pronto también ella tendrá que morir. Le he hecho prometer que no «hará daño» a Trezor.

Me cuesta escribir…, dejo la pluma… ¡Es la hora!

La muerte ya no se acerca con un estruendo ascendente, como un coche por la calzada al anochecer, porque ya está aquí, revolotea a mi alrededor como ese soplo ligero que erizó los pelos del profeta…[7]

Yo muero… ¡Vivid, vivos!
Y que a la entrada de mi tumba
la joven vida venga a jugar
y la belleza de la naturaleza impasible
no deje nunca de brillar.[8]

---

[7] Libro de Job 4, 15.

[8] Estrofa final del poema de Aleksandr Pushkin «Ya vague por las calles ruidosas» (1829). (Traducción de Joaquín Fernández-Valdés y Marta Sánchez-Nieves).

NOTA DEL EDITOR

Debajo de esta última línea se encuentra el perfil de una cabeza con un gran copete y bigotes, con un ojo *en face* y pestañas en abanico, y debajo de la cabeza alguien había escrito las siguientes palabras:

Leído el manuscrito
y no aprobado su contenido
Piotr Zudoteshin
S S S Señor mío
Piotr Zudoteshin
Muy señor mío

Pero puesto que la letra de estas líneas no se parece en nada a la letra con la que está escrito el resto del cuaderno, el editor se considera con derecho a concluir que las líneas antes citadas fueron añadidas *a posteriori* por otra persona, tanto más cuanto llegó a saber (el editor) que el señor Chulkaturin murió, en efecto, la noche del 1 al 2 de abril del año 18…, en la pequeña propiedad de su familia en Ovechi Vody.

1849

Esta edición de *Diario de un hombre superfluo,*
compuesta en tipos Adobe Garamond Pro 12,5/15,5
sobre papel offset Torras Natural de 120 g,
se acabó de imprimir en Madrid el día 6 de junio de 2024,
aniversario del nacimiento de Aleksandr Pushkin